中國古典文學基本叢書

王惲全集彙校

第四册

〔元〕王惲 著
楊亮 鍾彦飛 點校

中華書局

王惲全集彙校卷第二十五

七言絶句

五年夏四月朔日即事

朝衣絺綌暮綿裘，氣運和天不自由①。吹損緑陰風不定，晚來庭院似深秋。

【校】

①「和天」，弘治本同元刊明補本；薈要本、四庫本作「天和」。

贈周幹臣

槐府潭潭吏隱周，青衫騎馬亦風流。入門休問生涯事，讀罷離騷待菊秋。

題風雨迴舟圖

江雨江煙萬里秋，幾年汗漫事長遊。憐君已落風波裏，只恐回舟不自由。

題王武子觀馬圖

玉華吹散滿身雲①，掣電追風八駿奔②。好尚秖誇毛骨異，不思戎馬在東門。

【校】

①「玉華」，元刊明補本、抄本、薈要本作「玉華」，四庫本作「五花」。

②「八」，元刊明補本、抄本、薈要本作「隱」，據四庫本改。

題李伯時所畫開元御馬圖

閲武驪山是近游，霜蹄蹴踏厭長楸。料應扈從東封了，一片雲煙赤岸秋①。

【校】

①「雲煙」，抄本同元刊明補本；薈要本、四庫本作「煙雲」。

題山堂會琴圖

静夜山堂萬籟沉，抱琴來瀉古人心①。箇中真趣知誰會②，門外松風是賞音。

聖賢思治先琴事，子賤爲邦舜阜民。莫訝松軒來會數，要從心指起經綸。

【校】

①「瀉」，抄本同元刊明補本；薈要本、四庫本作「泄」，亦可通。

②「箇」，抄本、薈要本同元刊明補本；四庫本作「個」，亦可通。後依此不悉出校記。

寄潞尹侯伯禄

分攜不及都門别，情話長懷五夜燈①。蘭省未妨虚儉幕，郡人争喜識黄丞。太行絶頂潞州城，竹馬兒童遠見迎。聞説下車公事簡，不勞衙鼓報新聲。

【校】

①「五」，抄本同元刊明補本；薈要本、四庫本作「午」，聲近而誤。

題李伯時畫支遁觀馬圖

晉人大概尚虚談，外物遷移等徇貪。千丈風光渠自有，卻將風駿馬中驂①。

【校】

①「風」，抄本、薈要本同元刊明補本；四庫本作「神」。「驂」，抄本同元刊明補本；薈要本、四庫本作「參」，俗用。

金城店

麻葉翻風稻映畦，道邊垂柳蔭横溪。一竿青旆誰家酒，金店東頭野彴西。

金城懷古

典午能延邂逅生，柘弓銀研未忘情。較量成濟揮戈慘，天道中還固未平。

絳陽道中

山自南來兩翼開，汾崗横亘隔金臺①。伯宗驅傳無輕去，聽取輿人論絳災。

【校】

①「汾崗」，抄本同元刊明補本；薈要本、四庫本作「分岡」，俗用。

絳州公廨即事

終朝據按訊纍囚①，日暗風凄動鬼幽。草暗池荒人不見②，絳紗燈影看懸流。

河東池館絳園優，才守豪王樂讌遊。興極事殊俱不見③，斛王祠畔暮山稠。

挈鷺提鷗次第開，碧圍丹陣鎖重臺④。而今一炬成焦土⑤，卻似阿房爲世哀⑥。

樊守文章世已驚，富公遺愛遠能名。一泓誰似蒼塘水⑦，假借羣蛙徹夜鳴。

鼓水西來竇北墉，絳園形勝日增雄。依稀罨畫樓臺影⑧，猶在瑶翻碧瀲中。

水聲激激枕邊來，臥看倡池碧鑑開。三尺短碑樊記在，苦無多意發雄猜。

莽望黄原勢抉天⑨，鶩驂南走削孤巔。東臺何限消沉意，目送汾流落日邊。

【校】

①「按」，抄本同元刊明補本；薈要本、四庫本作「案」，亦通。後依此不悉出校記。

②「暗」，抄本同元刊明補本；薈要本、四庫本作「黯」，亦通。後依此不悉出校記。

③「興極事殊俱不見」，元刊明補本作「興□□□□不見」；薈要本、四庫本闕；據抄本補。

④「陣」，抄本同元刊明補本；薈要本、四庫本作「障」，形似而誤。

⑤「而今一炬成」，元刊明補本闕；薈要本、四庫本作「可憐一炬成」；據抄本補。

⑥「阿房」，元刊明補本、抄本、四庫本作「汙宫」，據薈要本改。

⑦「富公遺愛遠能名。一泓誰似蒼塘水」，薈要本、四庫本同元刊明補本作「富公遺愛□□□。□□□□□□水」；據抄本補。

⑧「罨」，元刊明補本作「奄」，俗用；據抄本、薈要本、四庫本改。

⑨「玦」，抄本同元刊明補本；薈要本作「接」；四庫本作「際」。

讀絳陽園池記

樊守文章未易窺，艱深宜被後人譏。一言能盡興衰理，愛煞當年李格非。

周孔文章載道輈，定刪元自典謨留。不知魁紀操觚意，地絶天通孰與儔。

題斛律王廟壁①

玉壁威騰卻日戈②，飛揺其奈伯升歌③。須知地下坡陀血④，氣壓南山翠不磨。

祝融堆廩表韓公，神理雖冥正可通。自愧不求來折獄，亦蒙陰相誘愚衷⑤。

【校】

①「律」，元刊明補本、抄本作「津」，據薈要本、四庫本改。

②「壁」，元刊明補本、抄本作「璧」，據薈要本、四庫本改。

③「飛揺」，抄本、薈要本同元刊明補本；四庫本作「蜚謡」。「伯」，弘治本、薈要本同元刊明補本；四庫本作「百」，亦可通。

④「坡」，抄本同元刊明補本；薈要本、四庫本作「陂」。

⑤「陰」，抄本、四庫本同元刊明補本；薈要本作「險」。

過絳州北晡饑坂

蓋晉趙宣子飯靈輒處也應有祠屋今廢①

釣采華名世有人，微勞高擬泰山勳。此心報德誠堪尚，事了身名兩不聞。

血肉嫠牙白晝寒，挾輪來脱趙卿艱。悠悠鶴蓋陰中子，高揖清風恐厚顏。

晉國平時有殍夫，趙宣爲政果何如？哺饑坂下重回首②，一飯酬恩寔起予③。

【校】

①「蓋」，抄本同元刊明補本；薈要本、四庫本脱。「應」，抄本同元刊明補本；薈要本、四庫本作「舊」。

②「坂」，抄本同元刊明補本；薈要本、四庫本作「坡」，非。按：坂，亦坡也。作「坡」者，於詩律不諧。

③「起」，元刊明補本、抄本作「豈」，據薈要本、四庫本改。

題夏當務壁

村落人家櫛比稠，平時分水細爲籌。朝來一雨郊原足，門外長溝滿意流。

龍祠禱雨

巾岸烏紗角半摧①，馬蹄泥滑晚相催。郡人莫訝麻衣濕，適自龍祠禱雨迴。

【校】

①「巾」，元刊明補本作「中」，據抄本、薈要本、四庫本改。

禱雨龍祠訪張總判不遇因題其壁

甲第分攜半月餘，遠迴相過得須臾。松陰滿院溪流碧，辜負臨風一捋鬚①。

【校】

①「辜」，抄本同元刊明補本；薈要本、四庫本作「孤」，亦通。

登白雲樓

百日區區簿領間，白雲樓閣幾憑欄。秋來致有西山爽①，兩度還容拄笏看。

山泬雲高暑退初，簟文如水葛衣疏②。邇來郡府無多事，臥對西山把性書。

【校】

①「致」，抄本同元刊明補本；薈要本、四庫本作「政」，形似而誤。

②「文」，抄本同元刊明補本；薈要本、四庫本作「紋」，亦可通。後依此不悉出校記。

贈墨卿秦得真

壯心零落羽林槍，老劑玄圭入退藏。爲報鳳凰池上客①，不應神品擅潘張。

麝團小印柳枝龍，不減唐人入漆工。留得玉堂揮翰日，桂香欄檻聽松風。聽一作「泛」。

【校】

①「凰」，元刊明補本、抄本、四庫本作「池」，涉下而誤；據薈要本改。

秋望

客窗十日雨聲中，雲影朝來綻碧空。不上西樓能幾日，滿城黄葉動西風。

題子猷山陰圖

閉門一雪天地白，乘興即上山陰船。愛煞此君真率意，至今人境兩翛然。

自嘲

踏月聞雞出郡齋，逐朝檛鼓放衙來①。盤盤三晉河山地，兵賦民情使汝諧。

【校】

①「朝」，元刊明補本闕；據抄本、薈要本、四庫本補。「檛」，抄本、薈要本、四庫本作「撾」，亦可通。

自壽

二年岱頂富奇觀，今歲姑山對霧鬟。笑拂巖華指歸路，黄塵深處是人間。

待旦軒假寐而作

待旦軒虛曙色分，瓦爐煙煖有餘薰。細思日用無多事，一静能消萬有紛。

題永安刁氏别墅壁

一川百頃數家村，複嶺重崗擁澗垠①。樹藝自勤民自儉，勸民冠蓋不須頻②。

南崖刻畫似城闉，北勢耕桑聚落匀。所願廟堂論至理，萬方風俗再還醇。

【校】

①「複」，抄本同元刊明補本；薈要本、四庫本作「瓊」，非。

②「頻」，元刊明補本、弘治本作「翻」，非；薈要本作「傾」；四庫本作「勤」；據抄本改。

聚遠亭 刁氏别墅

壁間題示墨猶新，聚遠軒中入幕賓。還喜晉人風土舊，一村名姓似朱陳。

英武王馬燧廟①

西平英氣凜如生②，千古旌忠勒御名③。過客賦詩增感激，北風原上鼓鼙聲④。

奔鯨吹浪盪蒲津⑤，堂上奇兵筭已神。老賊垂降還赴召，比量先軫乃純臣。

【校】

①「英」，抄本、薈要本同元刊明補本；四庫本作「莊」。

②「西」，抄本、薈要本同元刊明補本；四庫本作「北」。

③「旌」，抄本同元刊明補本；薈要本、四庫本作「精」。

④「北」，抄本、薈要本同元刊明補本；四庫本作「西」，

⑤「盪」，抄本同元刊明補本；薈要本、四庫本作「蕩」。後依此不悉出校記。

汾脽懷古三首①

坤倪三面削蒼崖②，中擁汾脽寶氣開。夾道老槐君莫訝，虬枝曾拂漢旗來。

武皇誇大喜雄奇③，鼎出汾陰恐事爲④。更著壽王相嫵媚，守經深見漢儒卑。

東封泰岱西汾陰，始自嬴劉好侈心。只爲一非無所格，儘令方士出妖淫。

【校】

①「脽」，元刊明補本、抄本作「睢」，形似而誤；據薈要本、四庫本改。後依此不悉出校記。

②「坤」，元刊明補本、抄本作「伸」，偏旁類化；據薈要本、四庫本改。

③「奇」，抄本同元刊明補本；薈要本、四庫本作「爲」。

④「爲」，抄本同元刊明補本；薈要本、四庫本作「奇」。

過聞喜縣有懷元鼎故事 秦左邑桐鄉地①

窮兵無似漢皇雄，六合爲家意未充。一喜政能留故事，舞干終愧有虞風。

【校】

①「秦左邑桐鄉地」，抄本同元刊明補本；薈要本、四庫本脱。

過太寧宫

披雲臺晚野煙荒，宫掖坊深半夕陽。獨有太寧祠畔土，碧花猶自學宫粧。

安邑道中

匡牆煙火暮微茫，樂歲人家半米糠①。漢至孝文才四葉，便能三萬里農桑。

【校】

①「米糠」，抄本同元刊明補本；薈要本、四庫本作「未康」，非。按：作「未」者，「米」之形誤；作「康」者，「糠」省略形符之簡化字，俗用。

謁司馬温公墓

河山兩界夏西分，孕秀鍾靈産異人。可惜秉鈞纔八月，不教仁澤浸生民。

嗚條山遠聳孤墳，千古嵩高仰甫申。有意誕彌無實用，竟將新法遂諛臣①。

【校】

①「遂」，元刊明補本、抄本作「遂」，薈要本、四庫本作「逐」。「詇」，抄本、薈要本同元刊明補本；四庫本作「詞」，非。

遊棲巖寺八絶①

上盡雲間十二盤，一杯松下散襟顔②。老僧近晚堅留客，争指西南見華山。

河山形勝見棲巖，萬壑秋聲度碧杉。奇絶此遊還有恨，杖藜不到冷雲菴。

翠巖回抱鬱蒼顔③，絶境軒横杳靄間。老矣瑞峯寺僧名應健在④，護持長伴八龍閒。宇文周末年大禁釋教，有曇延師者遯隱北山。久之，有樵叟日來聽經，後師道成，復有七人者來。師問，故曰：「余八人皆龍也，其一已傳師教，故余等亦來受戒。」⑤

一徑縈紆入杳冥，望川亭迥夕陽明。欲知眼界寬多少，放出秦川似掌平。

層巖重倚尚斜陽，山下風煙一抹蒼⑥。恨煞愛山王老子，不來同宿贊公房。

暮煙遮斷嶽蓮青，低壓河流一線明。已被山靈嫌俗駕，更堪留榜彦倫名。

安然乘馬到煙蘿，一笑山間對鳥窠。詩句滿前拈不得⑦，風煙還比石樓多。得一作「出」⑧。

鐘聲出谷尚依依，穩送詩人帶暝歸。自笑野猿山鳥性，夜深幽夢到巖扉。

【校】

①「八」，元刊明補本、抄本、四庫本作「七」，據薈要本改。

②「柸」，元刊明補本作「柸」；薈要本、四庫本作「杯」；據抄本改。

③「顔」，元刊明補本、抄本作「官」，據薈要本、四庫本改。

④「寺僧名」，抄本同元刊明補本；薈要本、四庫本脱。

⑤「宇文周末年大禁釋教」至「故余等亦來受戒」，抄本、四庫本同元刊明補本；薈要本脱。

⑥「抹」，元刊明補本、抄本、四庫本作「漫」，據薈要本改。

⑦「得」，弘治本同元刊明補本；薈要本、四庫本作「得一作出」。

⑧「得一作『出』」，弘治本同元刊明補本；薈要本、四庫本脱。

跋提刑王副使航海圖

天險無踰海與江，得人一葦即能航。懸知恢廓高宗志，夢繞商巖夜月蒼。

鯨翻鼉作大江流，舟檝顛危咽棹謳。忽展畫圖還自悟，當年風雨過封丘。

遊普救寺

晚寺人歸憶會真，夢雲花氣鎖窗春。重簾不隔西廂月，一點香來是襪塵。

讀破口先事迹

釋氏功夫向上尋，一身歸寂雪山陰。片言能脱盈城命，少似先公濟物心。

贈船篷姚道人

一龕塊坐已忘身，陸海船篷别有春。卻爲梨花枝上雪，等閒踏破緑苔茵。

臨晉道中

野雪晴消滿道泥，茫茫銀海際煙霏。日斜信馬中條北，愛煞山光照客衣。

春雪

小雪霏微不滿空，亂穿庭樹舞春風。餘威似掣調元肘，不與東皇擅化工。

曳龜圖

馺說瀾翻已自欺①，更堪身世兩相遺。抱麟痛爲東周泣，争遣宣尼不及時。

【校】

①「馺」，弘治本、薈要本同元刊明補本；四庫本作「駮」，形似而誤。「瀾」，元刊明補本、弘治本作「闌」，據薈要本、四庫本改。

公堂午吏散一首①

吏散公庭日轉西，蟻旋蜂閧静無時②。人無定志常居遠，悄悄孤懷秖自知。

【校】

①「午」，弘治本、薈要本同元刊明補本；四庫本作「午後」。

②「閧静」，弘治本同元刊明補本；薈要本、四庫本作「静閧」。

清明後一日作①

里巷春遊閧鈿車②，午窗睡起日西斜。閒書讀罷焚香坐，淡對一枝山杏花。

卧數窗櫺對日曛，一簾晴影弄游塵。鄰牆幾片桃花雨，點破苔階更可人。

懊惱春悰困宿酲，偶隨游子到溪亭。多情幾行城南柳③，三度春風見汝青。

【校】

①「後」，元刊明補本、弘治本作「后」，據薈要本、四庫本改。按：后、後，本爲二字，後有「後」作「后」者，二字通用。宋元文獻中「後」亦簡化作「后」。

②「遊」，弘治本、四庫本同元刊明補本；薈要本作「逢」，非。「閧」，弘治本同元刊明補本；薈要本、四庫本作「鬥」，非。

③「行」，弘治本同元刊明補本；薈要本、四庫本作「樹」，非。

跋李提點和甫筠溪亭

和甫開封人早年應神童①

碧鮮庭户玉琤琮②，影透疏簾翠幾重。中有道人高節在，青青初不易秋冬。

洗耳無煩近潁川，虚心獨愛此君賢。何時拄杖敲門去，讀罷離騷聽夜泉。

【校】

①「神童」，弘治本、四庫本同元刊明補本；薈要本作「神童�溪其家園亭也」。

②「鮮」，弘治本、四庫本同元刊明補本；薈要本作「蘚」，亦可通。

題鄠縣簿雷損之景程齋詩卷

道統幾微孰繼傳，景程還得此君賢①。須知二帝三王事，要以仁民愛物先②。

理窟名言媲典墳，發源伊洛見經綸。千年鄠杜遺風在，更着雷卿繼後塵。

【校】

①「君」，弘治本同元刊明補本；薈要本、四庫本作「名」。

②「以」，弘治本、四庫本同元刊明補本；薈要本作「似」，非。

題田使者玉泉垂釣圖

渭畋應未兆非熊，底是胸蟠萬丈虹。辦與澄湖三百頃，一絲斜裊緑楊風。

挽平陽教授崔君度

心醉羣經四十年，老成身後見波瀾。蒼涼一片姑山月，空照先生苜蓿盤。

孟浩然灞橋圖

金鑾消息遠相招，雪滿吟鞍過灞橋。處士本無經世志，强將詩句枉清朝①。

【校】

①「枉」，弘治本同元刊明補本；薈要本作「度」；四庫本作「杜」。

高鳳漂麥圖

疾雷破柱雨翻盆，甑墮何煩顧惜頻。儻爲把書都不省，先生應是太癡人。

跋蘇武持節圖

使華往返見交兵，老我何嘗繫重輕。已分横身膏草野，茂陵松柏夢秋聲。

君臣義合以忠持，十九年間節可知。邂逅論詩幾侮玩①，區區才得典諸夷。

兩行衰淚血霑襟，一節酬恩北海深。衛律有知慚即死②，更來遊説此何心？

【校】

①「詩」，弘治本同元刊明補本；薈要本、四庫本闕。「玩」，弘治本作「玧」；薈要本作「沉」；四庫本作「死」。

②「死」，元刊明補本作「苑」，形似而誤；據弘治本、薈要本、四庫本改。

慶趙汲古八秩之壽效樂天體

人生八十今極壽，況復兒孫滿眼前。汲古園中趙夫子，燕京城裏地行仙。

摩挲金狄門前客，精健耆英會裏人。坐對天津橋畔月，池塘春草幾回新。

崇慶初年縈組綬，至元八載享康寧。人間八秩風流事，無似君家種德馨。

至元辛未歲八月十二日拉馬都事才卿遊韓氏南莊歸效樂天體得詩十絶皆書目前所見覺信手拈來也①

開門不問主人無，幽鳥飛來應竹呼②。僮僕也知賓客敬③，與奴白飯馬青芻。

吟鞭踏破緑苔階④，自挂幽軒數菊栽。半日杖藜横膝坐，絶勝前日醉歌來。

浮雲冠蓋六街塵，老盡朱顔白髮新。嬴得身心兩閒在⑤，水邊林下果何人。

滿庭竹影鎖秋煙，倒盡池蓮細菊班⑥。牆外緑畦澆已徧⑦，□暘搖影桔槔閒⑧。

□□□話淡忘機⑨，山鳥山花笑我癡。萬事看來皆偶爾⑩，等閒休遣世人知⑪。

高臺涼吹晚留連⑫，樹繞崗回自一川。野菽未霜溪柳盡⑬，煙光渾是早秋天⑭。

陶園松菊餘秋色⑮，趙氏林亭滿夕霏。人自晚年便静北⑯，每來吟賞便忘歸。

汀雲煙樹事幽尋⑰，指點平蕪起醉吟。但使眼前無俗子⑱，一杯時與野人斟。

醉墨淋漓字半斜⑲，枉將霜壁亂雲遮。一杯先洗黄泥子⑳，似我閑情遠世譁。

蛙鳴水底强爲聲，酒盡沙頭卧玉瓶。我自近來無不是，白雲舒卷暮山青。

【校】

①「拉馬」，弘治本、四庫本同元刊明補本；薈要本作「喇嘛」。

②「飛」，弘治本同元刊明補本；薈要本作「呼」；四庫本作「時」。

③「也」，弘治本同元刊明補本；薈要本、四庫本作「已」。

④「鞭」，弘治本同元刊明補本；薈要本、四庫本作「邊」，聲近而誤。

⑤「羸」，弘治本同元刊明補本；薈要本、四庫本作「贏」，亦可通。

⑥「細」，弘治本同元刊明補本；薈要本作「一」，非；四庫本作「看」。「班」，弘治本、薈要本、四庫本作「斑」，亦可通。

⑦「徧」，元刊明補本、弘治本、抄本闕；據薈要本、四庫本補。

⑧「□暘搖影桔槔閒」，抄本同元刊明補本；弘治本作「□□□影桔槔閒」；薈要本作「暮園秋老桔槔間」；四庫本作「一園秋老桔槔閒」。

⑨「□□□話淡忘機」，抄本同元刊明補本；弘治本作「□□□□淡忘機」；薈要本作「深林兀坐淡忘機」；四庫本作「小亭獨坐淡忘機」。

⑩「偶」，薈要本、四庫本同元刊明補本；弘治本作「偲」。
⑪「等閒」，元刊明補本、弘治本闕；薈要本、四庫本作「此間」；據抄本補。
⑫「高」，元刊明補本、弘治本闕；薈要本、四庫本作「亭」；據抄本補。
⑬「盡」，元刊明補本、弘治本、抄本闕；據薈要本、四庫本補。
⑭「渾」，元刊明補本、弘治本作「輝」，據薈要本、四庫本改。
⑮「陶」，元刊明補本、弘治本、抄本闕；據薈要本、四庫本補。
⑯「便」，弘治本、薈要本同元刊明補本；四庫本作「多」。「北」，弘治本闕；薈要本、四庫本作「暇」。
⑰「汀」，弘治本同元刊明補本作「□」；薈要本作「溪」；四庫本作「淡」；據抄本補。
⑱「子」，元刊明補本、弘治本、抄本闕；據薈要本、四庫本補。
⑲「醉」，元刊明補本、弘治本闕；據抄本、薈要本、四庫本補。
⑳「子」，元刊明補本、弘治本闕；薈要本、四庫本作「瘴」；據抄本補。

裴晉公緑野探梅圖　息軒筆

淮西平一兩河清①，緑野梅花照眼明。霜鬢未容閒裏老，南枝消息要和羹。

當年韓白兩詞人，吟賞天教在相門。邂逅有詩窮勝事，最憐疏影月黄昏。

【校】

①「一」，弘治本同元刊明補本；薈要本、四庫本作「後」。

東皋八詠 爲趙參謀題①

匏瓜亭

君家匏瓜盡罇彝，金玉雖良適用齊。爲報主人多釀酒，葫蘆從此大家題。

李齋②

人生知足一瓢多，未老得閒非幸何。堪笑矯情楊子幼③，嗚嗚空縱醉時歌。

東皋村

陽春門外望東皋，三載相邀醉濁醪。早晚洄溪溪上路④，桃花紅雨滿漁舠。

耘軒

草盛苗稀苦見侵，荷鋤歸晚月生林。須知種豆南山意，唯有淵明識此心⑤。

遐觀臺

自説無堪不出村，一杯藜藿樂閒身。就中不負登臨興，滿眼青山是故人。

清斯池

塵冠挂後無纓濯，漁父從歌濁與清。待與田家占水旱，年年池上聽蛙聲⑥。

流憩園

養素丘園趣已成，斜陽林影看春耕。手中三尺枯藤杖，不羨人間六印榮。

歸雲臺

從龍致雨固油然，巖壑歸飛意本閒。况是東皋已霑足，不妨來伴宿檐間。

【校】

①「東」，元刊明補本、弘治本作「柬」，形似而誤；據薈要本、四庫本改。

②「李」，弘治本同元刊明補本；薈要本、四庫本作「幸」。

③「堪」，元刊明補本作「湛」，形似而誤；據弘治本、薈要本、四庫本改。

④「洄」，弘治本同元刊明補本；薈要本、四庫本作「回」，俗用。

⑤「唯」，弘治本、四庫本同元刊明補本；薈要本作「惟」，亦可通。後依此不悉出校記。

⑥「聽」，元刊明補本、弘治本作「耵」，據薈要本、四庫本改。按：耵、聽，本爲二字。後「聽」俗作「聴」，繼而更換聲符作「耵」。

夢中又賦開元御馬圖

毛龍天降馺龍韜，歷塊過都乃爾曹。安得錦韉三萬騎，泠浮秋水下江皋①。

【校】

①「泠」，抄本同元刊明補本；薈要本、四庫本作「令」，當以此爲是。

予寓舍前有所謂水官珠者客曰此即薏苡也因呼兒採實作詩以識之①

堂前薏苡因人悟，不處嫌疑信至言。豈獨斐萋成貝錦②，令人還憶伏波寃。

【校】

①「薏」，元刊明補本、抄本作「意」，半脱；據薈要本、四庫本改。

②「斐萋」，元刊明補本、抄本作「菲妻」，非；薈要本作「菲萋」，非；據四庫本改。按：斐萋成貝錦，語本《詩·小雅·巷伯》：「萋兮斐兮，成是貝錦。」

讀開元雜事

水殿涼多暑氣微，薰風華萼正相輝。争教明月梨花院，玉笛聲長到枕幃。

興慶宫池景氣深，薰然四海友于心。讓皇篤愛情尤切，力爲君王辯八音①。

海棠紅綴棣華零，樂裏西涼已變聲。總把大衾長枕夢，老天移魄入華清。

【校】

①「辯」，抄本同元刊明補本；薈要本、四庫本作「辨」，亦可通。後依此不悉出校記。

歸去來圖

長沙勳業武侯忠，劉宋規摹操懿雄。虐焰儘烘寰宇裂，五株楊柳自春風。

彭澤遺黎不幸何，斜川魚鳥共婆娑。先生踐迹高千古，不似終南捷徑多。

解紱歸來百日强①，東籬松菊未全荒。細觀歷贊高賢傳，一出頭來恨已長。

【校】

①「紱」，弘治本同元刊明補本；薈要本、四庫本作「綬」，亦通。

煮茶

枯腸拍塞貯春雲，洗盡囂煩六府昏①。山木策勳存夜氣，天河流潤下崑崙。

胸中宿酒閧殘兵，一椀澆來陣敵平②。濛頂得仙疑妄語③，月波千丈與詩清。

瀟瀟風雪薄虚窗，細貯槍旗煮夜缸④。若論廓清真武事⑤，一天幽思爲詩降。

【校】

①「府」，弘治本同元刊明補本；薈要本、四庫本作「腑」，亦可通。

②「陣敵」，弘治本同元刊明補本；薈要本、四庫本作「敵陣」。

③「濛」，弘治本、薈要本同元刊明補本；四庫本作「蒙」。

④「槍」，薈要本、四庫本同元刊明補本；弘治本作「搶」，形似而誤。後依此不悉出校記。

⑤「真」，元刊明補本作「貞」，形似而誤；據弘治本、薈要本、四庫本改。

四皓圖

羽翼横飛四皓鴻，楚歌悲絶趙王宮。高皇英睿商顔節①，俱墮留侯計畫中。

萬古規摹一漢皇[2]，保全母后捨孱王。商山邂逅招園綺，出自留侯畏呂强。

【校】

①「顔」，弘治本同元刊明補本；薈要本、四庫本作「賢」。

②「摹」，弘治本同元刊明補本；薈要本、四庫本作「模」，亦可通。

題楊息軒盤谷圖

石峪盤盤百畝蒿，野煙秋色淡林皋。雄文一出潮陽筆，頓覺山人索價高。

關山秋霽圖

望京樓上晚凭欄，長記居庸八月還。一段紫煙吟不盡，枉分秋色與南山。

生平懷霽是初心，捲盡江山萬里陰。十載夕佳亭上客，卷中還對玉千岑。

甯戚叩角圖

舜授堯傳老不逢，商歌愁絶國門東。小哉恨煞夷吾器，竟列齊桓五霸中。

五王避暑圖

翠幄留香郁棣華①，紅雲縈暖鶺鴒沙。豆萁不免陳思嘆，朱李寒泉是浪誇。

【校】

①「翠」，抄本同元刊明補本；薈要本、四庫本作「撃」，非。

蓮鳥窺魚圖

嘴距初非搏擊流，翠香深處樂清幽。游魚何限相吞噬，秖得臨風一瞪休。

門帖子

廩食京華兩見春，全家飽煖荷深恩①。自慚補報應無地，夢到青蒲白獸尊。

【校】

①「煖」，抄本、薈要本同元刊明補本；四庫本作「暖」，亦可通。後依此不悉出校記。

題袁安卧雪圖

曲突無煙雪擁關，引書高卧自怡顔。須知四世三公業，不在人情冷煖間。

突不煙黔雪擁扉，一編犧易療朝飢。火城莫羡沙堤相，論士當觀未遇時。

窮巷無人與叩關，長安風雪一家寒。挺然不爲飢驅去，肯逐時人作熱官。

題顯宗承華殿墨戲

大青小青兩龍種，承華墨戲真天人。春思欲見昇平事，立仗歸來不動塵。

題東海徐白魚

點額雷燒不到渠，相忘何必在江湖。細吹藻荇充饑了，兩頷腥涎儘自濡。

酹祭宋先生子缶六首

山立揚休七十春，閒中今古醉中真。傷心麗澤堂前月，空照先生漉酒巾。

一代波瀾獨老成，百年人物見耆英。茂陵身後多遺藁，一賦梅花到廣平。

我識空澄海印心，生平游戲在禪林。寶珠儘照青藜杖，雅韻先空緑綺琴。

玉堂仙去渺翩翩，冷落梅花樹下禪。疇昔過庭言在耳，炷香傾酒大蘇前。

水映林亭竹映山，四時風景樂天閒。一從零落丘山夢，頓覺風光向客慳。

酒榼詩筒白玉珂，春風到處是行窩。百年愛仰都人士，哀比羊曇淚更多①。

【校】

①「比」，弘治本、薈要本同元刊明補本；四庫本作「此」，形似而誤。

跋龍陽松隱圖①

學窮象數别穿深②，又向龍陽得洗心。前日小山叢桂客，不煩春草賦歸吟。

【校】

①「松」，薈要本、四庫本同元刊明補本；弘治本作「枌」，形似而誤。

②「窮」，弘治本同元刊明補本；薈要本、四庫本作「君」，非。

承華殿墨戲圖

天廄雲屯八尺龍，總輸神駿付青宮。細看絶電流雲筆，天寶諸王恐未工。

主人愛馬憐神駿，一骨千金十襲藏。卻恐雷霆還下取，九重天上看龍驤。

感寓

逢人驚問但慚然，自信文淵老益堅①。來坐癡牀一千日，恰如無事草鞋禪。

【校】

①「淵」，弘治本同元刊明補本；薈要本、四庫本作「章」。

至元七年十月廿二日過順州與梁御史話金節使剛忠王公子明死節事馬上爲賦此詩以弔州舊治唐歸順州見大曆五年試太子洗馬鄭宣力所撰開元寺碑①

雉堞蜿蜒隱塊城，剛忠於此殁天兵。千年英氣如生在，草木風前動戰聲。

【校】

①「使」，弘治本、薈要本、四庫本作「侯」。

題趙仲器銅芝蟾瓶滴①

坡陀金背兩眉蘇②，不屬官池與研居。老筆策勳餘潤在，一生何啻五車書③。

足迹蹣跚几研間④，太陰何苦汝爲餐。寸腸不礫盧仝鐵，更吐陰寒上筆端。

【校】

①「蟾」，弘治本同元刊明補本；薈要本、四庫本作「膽」，非。

②「坡」，弘治本同元刊明補本；薈要本、四庫本作「陂」，非。「蘇」，弘治本同元刊明補本；薈要本、四庫本作「酥」。

③「車」，元刊明補本作「專」，形似而誤；據弘治本、薈要本、四庫本改。

④「研」，弘治本、薈要本同元刊明補本；四庫本作「硯」，亦可通。後依此不悉出校記。

題張夢卿雙清圖

月影冰魂奪化工，捋須真是不煩公①。漫山正有閒桃李，爛熳春風幾日紅。

花光品格黄華筆，一段風流付後人。誰爲九衢塵坌底，兩枝摇蕩浙江春。

淡粧疏影兩依依，點綴横斜畫總宜。恰似孤山籬落畔，小溪如練月如眉。

【校】

①「真」，弘治本同元刊明補本；薈要本、四庫本作「直」。「煩」，弘治本、薈要本同元刊明補本；四庫本作「凡」。

王右丞輞川圖

騷詠禪談意未央，欹湖煙月墮微茫。園林鍾鼓清時樂，好箇裴公緑野堂。

狀物何如及物功，開元真宰説姚崇。未妨僦屋招提裏，斗米三錢四海同。

凝碧池邊野鹿過，空垂雙泣賦悲歌。論忠不到平原列，馳譽丹青未足多。

文彩風流映一時①，丹青三昧有餘師。戲將萬斛欹湖水，寫盡南山五字詩。

【校】

①「彩」，弘治本同元刊明補本；薈要本、四庫本作「采」，亦可通。後依此不悉出校記。

遷張氏新居 四首

我自三遷到巽隅，市朝雖近似郊居。東鄰有竇西鄰許，不羨門多長者車。

院静窗虚淑景閒，戎葵凝笑海榴丹。莫令兒輩輕傷折，爲與渠儂理一般。

聽雪思堂與筆耕，主人寓意强爲名。錙銖得及斯民了，日出何妨事又生①。

羞將勳業鏡中看，不爲無魚動劍彈②。兩鬢總隨霜簡白，寸心虚傍日華丹。

【校】

①「妨」，弘治本、薈要本同元刊明補本；四庫本作「方」，非。

②「劍」，弘治本同元刊明補本；薈要本、四庫本作「鋏」，亦通。

題秋江月夜摘阮圖

玄璧朱絃激烈聞①，縱横詞舌得儀秦。忘言何似陶元亮，直作羲皇向上人。
易水悲風動急彈，小絃鏗爾摘銅丸。多應一片松梢月，併入茅亭作夜寒。

【校】

①「玄璧」，弘治本同元刊明補本；薈要本作「玄壁」；四庫本作「月夜」。

闕下元日口號五首

筍班春仗簇初齊，贊馬行牽望拜時。臘雪未消雙鳳瓦，春風先到萬年枝。
平明瑞雪滿蓬萊，島樹瓊花次第開。人在建章馳道外，四邊鞍馬唱歌來。

建章宫樹玉嶙峋，雲近蓬萊氣自春。帳殿忽開齊舞蹈，紫衣獨見海東人。
春前移仗島東邊，大禮稱觴最重年。何幸小臣陪虎拜，一杯春露共瞻天。
千官錫宴瞻天喜，萬里休兵立仗閒。擬效堯封三獻祝，太平天子壽南山。

魏豹故城

兵涉西河豹出迎，亡姬還作漢儀程。事機倚伏真相戲，一笑長驅過故城。

題解梁廨壁

丘壟依稀井幹殘，人家煙火甫兵還。就中不負官曹眼，簿領堂前坐看山①。

【校】

①「堂」，元刊明補本、弘治本作「當」，形似而誤；據薈要本、四庫本改。

再過絳陽

二年三度過金臺，盛暑祁寒不憚懷。卧聽水聲何所憶，一軒秋雨竹間來。

夜宿李氏林館

困眠欹枕未容休，睡起關心事最幽。鵶鳩一聲窗色曙，月明滿地緑陰稠。

禹廟

大地河山繡錯明，野煙孤廟枕荒城。杜鵑饒舌知何事，血洒東風怨未平。

路村道中

鹽澤條山動寵光，天書來坼紫泥香。老癃扶杖欣相告，五十年來未省嘗。

解州廳壁題示

至元癸酉夏五月二十三日①，奉宣明詔至於解梁，因得王黄州壁間所題《解池詩》②，序云：「鹽池之大，自唐以來凡臨莅者無一辭以紀勝概。觀覽之際，憤然成章③，或繼之者寔自予始。」僕竊有所感焉，因勉成三詩以附驥尾之末，庶幾因公而使天下知有惲云。偕來者，府兵曹解楨④，子公孺侍行。承直郎、平陽總判、汲郡王惲題。

物色分留付後人，暗將風雅欲誰親。琨珠在側知形穢，尚友何妨繼後塵。

日融池面爛生紅，更着南山障碧空⑤。一夜高臺汗如洗，州人説是廣南風。

解梁城下解鹽池，萬寶騰光奪日輝⑥。我欲大觀窮化窟，乳泉一賦了天機。

【校】

①「夏」，弘治本同元刊明補本；薈要本、四庫本脱。

②「黄」，弘治本同元刊明補本；薈要本、四庫本作「貴」。

③「幘」，弘治本同元刊明補本；薈要本、四庫本作「賁」，俗用。

④「楨」，弘治本同元刊明補本；薈要本作「禎」；四庫本作「禛」。

⑤「着」，弘治本同元刊明補本；薈要本作「看」；四庫本作「著」。

⑥「日輝」，弘治本同元刊明補本；薈要本、四庫本作「目暉」，非。按：暉、輝，同。作「目」者，「日」之形誤；作「暉」者，涉上字「日」而偏旁類化。

題平正縣鋪樓壁①

盤盤峻嶺上青山，兩度南來點鋪翻。義手老兵前致語，此回霜鬢又加繁。

【校】

①「題平正縣鋪樓壁」，弘治本、四庫本同元刊明補本；薈要本是詩脱。「鋪」，弘治本同元刊明補本；四庫本作「堡」。按：下「鋪」同。

王惲全集彙校卷第二十六

七言絶句

華嶽廟留題

朝來松檜重煙霏，仰面蓮峯翠撲衣。自笑愛山心不足，日斜猶未駐征騑。

祠前喬木老輪囷，閲盡長安道上人。千古倚空仙掌在，好爲回首障兵塵。

蓮峯卓拔見雄尊，千劫孤撑碧玉盆。總被少陵收拾卻，諸山羅列似兒孫。

乖崖一出著高勳①，回首猶慚華頂雲。應笑豹林种處士，擬將虚譽售時君。

東登岱頂雪彌空，上徹中封似不逢。應喜此行何豁敞②，青天白日對三峯。

【校】

①「乖」，弘治本、四庫本同元刊明補本；薈要本作「垂」，形似而誤。

②「喜」，弘治本同元刊明補本；薈要本闕；四庫本作「有」，非。

渡渭有感

當年尚父欲誰親，八十西來釣渭濱①。馬上行人應未老②，莫教虚負百年身。

秦亡漢起兩悠悠，總把興亡入海流。汀樹岸花三百曲，煙波都屬釣魚舟。

【校】

①「來」，弘治本、四庫本同元刊明補本；薈要本作「京」，非。

②「老」，弘治本同元刊明補本；薈要本、四庫本作「了」，非。

安邑道中

六合雲蒸一氣埋，際空秋稼委枯荄。馬頭赤日疑無色，望際青林雨氣來①。

【校】

①「際」，弘治本、薈要本同元刊明補本；四庫本作「斷」。

洪洞道中望霍岳諸峯

老澗彎環兩翼分，一川草木氣如薰。土人更説山靈異，欲雨先占霍頂雲①。

【校】

①「霍」，元刊明補本、弘治本、四庫本作「霧」，據薈要本改。

留題霍岳

喜遂平時景霍心，適逢嚴祀一登臨。感通固愧潮陽筆，霧雨重開萬壑陰。

山腰明霽静煙霏，岳頂雲濛淡欲飛。巖壑似供詩筆健，法身都挂六銖衣。

題豫讓橋

死堅鐵石表孤忠，一水曾蟠萬丈虹。太史注書隨俠例，豈知風義本無同。

過益昌橋

盤盤危磴轉山腰，下瞰長河漲怒濤。霍邑南邊趙城北，滿頭風雨過昌橋。

霍州

四雍中坳一拳牢，快心唯有霍山高。一條㶇水從中過，日夜隔城聞怒號。

跋范蠡歸湖圖

霸越高勳土苴如，五湖歸隱號陶朱。扁舟共載西施去，卻恐時人是厚誣。

題趙城縣環翠亭

秀色四圍供坐嘯，山城終歲早休衙。陂塘清淺知秧稻，畝嶺橫縱看藝麻。

簡城南北幾經還，赤日紅塵赭背顏。欻得解鞍心適喜，暫容高臥對東山。

趙城道中早發圖①

積雨晴來露氣餘，風枝成滴草垂珠。麻衣半濕溪邊路，長記郊原五月居。

【校】

①「圖」，弘治本、薈要本、四庫本脱。

跋米元章蘆雁圖

西風萬里下衡陽，水宿雲飛固自雙。似爲叫羣心事苦，不教相映睡秋江。

煙渚潮空退暮沙，依稀寒影落蒹葭。何人解化雙飛翼，拍拍隨君問使華。

甲戌歲門帖子

全家温飽荷恩榮①，闔郡清寧歲屢登。蟣蝨小臣何所報，一公之外百無能②。

不求富有金成穴，不羨官榮日九遷③。但願時和身健在，大家無事過今年。

【校】

①「温」，元刊明補本、弘治本作「恩」，據薈要本、四庫本改。

②「百無能」，弘治本同元刊明補本；薈要本、四庫本作「復何能」。

③「日」，元刊明補本作「口」，形似而誤；據弘治本、薈要本、四庫本改。

庖舍門帖子

王家供具乳蒸豚，石氏庖厨蠟代薪。二者侈荒何足論，一簞顔巷世歸仁。

山市晴嵐

墟落人家半夕暉，太行天上倚煙霏。喚回二十年前夢，共伯城西載酒歸。

古柏寒鴉

亂鴉蒼柏晚相依，流水孤村句未奇。恰似首陽祠下看，夕光翻影上枯枝。

松蔭寒泉

坐蔭鬅龍夢已醒，更堪幽谷亂泉聲。遥知緑綺相逢夜，幽思中含太古情。

雲竇飛湍

千丈懸淙落碧霄，百巖回望冷瀟瀟。若爲借得天瓢手，傾向人間救旱苗。

蒲中十詠爲巖卿師君賦 并序

中條山水雄秀，照映河華。予兩年以事抵蒲，略獲遊賞，然雲煙勝概，旦夕不去其懷，嘗思以數語道其髣髴，心在而未暇也。至元十年秋九月，蒲人師巖卿拉王國器、李仲和、張師諸人攜酒過門①，杯數行，袖出錦囊巨軸曰：「此《蒲中十詠》也②。」因徵詩於不肖。逮明年甲戌正月辛巳，予以微恙閉閤少休，隱几瞑坐，神與境會。既覺，晴日滿窗，幽思發越，眷焉十題卒然而就，顧不足發山水之清音，聊以移方寸而外形骸也，且爲四老人一盧胡云③。

蒲津晚渡

落日西風送棹謳，行人無數立沙頭。君看一葉顛危甚，苦不忙時且少休④。

舜殿薰風

巖廊瀟洒壓城闉，解愠歌殘又幾秦⑤。一道殿簷涼似水，至今猶有夢華人。

虞坂曉發

雞聲茅店月微茫，山遠行人促曉裝。良驥虺隤身自健，不須拭目認孫陽⑥。

首陽晴雪

前冬兩拜首陽祠，野雪揺光晚霽時。蒼柏滿山人欲去，亂鴉翻影上枯枝。

鸛雀波聲⑦

洶洶河流入斷山，馮夷無力障狂瀾。乘風破浪他年事⑧，且挽清雄上筆端。

東林夜雨

瀟瀟風雨暗秋山，聲滿疏林萬珮環。拂曉開門看晴霽，白雲依舊伴僧閑。

林亭夜月

大内扶君不見人，野煙碧樹總傷神。應憐一片林亭月，曾照司空淚滿襟⑨。

王官飛湍

石竇懸流雪練飛，夜深和月映松扉。恨予不遇貽溪老，一笑山間説化機。

西巖疊巘

東山如髻鬱重重，人倚棲巖第一峯⑩。似是晚煙開畫障⑪，濃揮淡抹鬥丰容。

嫣汭夕陽

溪痕春漲碧迢迢，一帶斜陽映野橋。風土亦涵鼇降意⑫，野花如靨點裙腰。

【校】

①「張師」，弘治本同元刊明補本；薈要本、四庫本作「張師德」。

②「蒲」，元刊明補本、弘治本作「河」，據薈要本、四庫本改。

③「盧胡」，弘治本同元刊明補本；薈要本、四庫本作「胡盧」，亦可通。按：盧胡，同胡盧。作「胡盧」者，倒。

④「苦」，弘治本同元刊明補本；薈要本作「若」；四庫本作「何」。

⑤「秦」，弘治本同元刊明補本；薈要本、四庫本作「春」。

⑥「孫陽」，元刊明補本、弘治本作「絲楊」，據薈要本、四庫本改。

⑦「雀」，弘治本同元刊明補本；薈要本、四庫本作「鵲」，亦可通。後依此不悉出校記。

⑧「乘」，弘治本同元刊明補本；薈要本、四庫本作「東」，非。

⑨「襟」，元刊明補本、弘治本作「巾」，據薈要本、四庫本改。

⑩「棲」，弘治本同元刊明補本；薈要本、四庫本作「西」。按：作「西」者，蓋「棲」省略形符之簡化字。棲、棲，同。

⑪「障」，弘治本、四庫本同元刊明補本；薈要本作「幛」，聲近而誤。後依此不悉出校記。

⑫「涵」，弘治本同元刊明補本；薈要本、四庫本作「安」。

贈寫真賈生①

氣貌昂藏野鶴姿，賈生模寫有餘師。情知不入麒麟畫，剛爲天朝飾羽儀。

【校】

①「贈寫真賈生」，弘治本、四庫本同元刊明補本；薈要本置此詩於卷二五「遊棲巖寺七絶」後。

寄李裕卿①

山中風日淡無輝，山下騰光欲爍衣。辛苦南州李從事，三年其奈肉山肥。

交游過眼日紛紛，故舊如君有幾人。岸幘一樽蕭寺月，此回談笑更情真。

【校】

①「寄李裕卿」以下至本卷終，弘治本、抄本同元刊明補本；薈要本、四庫本脱。

過橫望嶺

終日山行不厭山，出山聊喜慰衰顔。朝來橫望開頭路，滿意風煙看洛川。

澤潞即事雜詩一十首

醲恩三接無旬浹，春日春衣未足多。沙上歸來聞好語，誓殫忠力更無佗。

裴翁祠晚夕陽催，野色橫川組練迴。我數固多多已辦，不愁歸路碧崔嵬。

自古徒兵澤潞雄，選齊尤見四州公。堂堂氣與聲聲壯，閃閃旗飜日脚紅。

獵獵清風偃旆聲，南風不競此先徵。朝來小試青油底，一鼓仍驚氣倍增。

闐闐風外鼓聲乾，小隊紅牙入細看。自古中原雄莫敵，麟符準到漢家壇。

萬命安危一將懸，成功端在得人先。長江儘飲天山馬，節制應須閫外顓。

角聲催日上牙城，白羽風清坐閱兵。盾鼻恐煩磨檄墨，莫教華髮等閑生。

一檄風馳萬有降，天兵開國古無雙。寄聲壁月瓊枝客，鐵鎖休誇一葦江。

結束征袍總白丁，淮陰一將便橫行。蕭條此意千年後，正賴桓文節制明。

嗚嗚殘角過三吹，整整魚麗待一揮。曉涼更覺軍容肅，露濕朱旗月滿衣。

太嶺道中泉眼並雜詩

路長坡峻一層層，六月行人困鬱蒸。多謝山靈解煩暍，一泓澄徹冷於冰。

來路蒼蒼不可尋，山風吹馬下遥岑。望中斜日行雲掩，遠嶺横分一半陰。

長松磊落不凡材，風拂煙霏畫障開。端似高人在巖壑，苦嫌塵土不歸來。

千古雄藩入控連，瀟瀟旌旆莫愁邊。最怜天壤清涼界，欲買西山二頃田。潞州爲太行清涼境界。

太行南走百山門，崗勢回環淺作盆。瀟灑緑陰臺館静，平時尤見使君尊。

過遊僊李節使墳

大定明昌五十年，當時人物玉堂仙。朝來書案山前路，瞥見堂封一慨然。

遊青蓮寺

上方層閣倚晴煙，回合諸峯聳碧蓮。午枕不容詩夢就，天風吹雨下危巔。

山間一雨衆壑瀹，轉石砰崖聲若雷。殆似山靈詫清駃，夜深還到枕邊來。

夜過關嶺山

晝鎖壺關戰氣昏，自環長塹作孤豚。紛紛彼校何爲者，娩煞新聲欲死言。

夏縣

一縣陰陰夏木清，大賢司馬小賢城。河山依舊英靈在，重爲生賢作國禎。

虞鄉道中

長纓風笠葛衣疏，裝就唐人早發圖。只有才情渾不似，馬頭吟久卻成無。

猗頓道中

玉繩西轉啓明東，熱擁長途似火攻。辛苦平陽王判府，三年三伏走蒲中。

跋蘭昌宮圖

宮斜春草暗驪陽，花底春雲覆苑牆。忽睹翠罌銀勺事，世間疑有返魂香。

乙亥歲門帖子

三年判府初無補，一寸孤衷老謾丹。最喜元正即春節，併將和氣到門闌。

李潛宛馬圖

李生鞍馬見金初，彷像殊方職貢圖。今去玉門途萬里，總隨鞭策入長驅。

丙相問牛圖

牛來近地暑光微，深愧調元相業非。後世幾人能辨此，渟車甘受野人譏。用唐宰相楊再思閉坊門禳水潧事。

謝太傅東山圖　金黎陽李公泰筆

鳳沼春閑湛緑波，未容絲竹醉巖阿。儘能經濟蒼生了，七寳裝嚴未是過。

秦兵一掃兩淮清，桓氏微來晉鼎平。況復中年正多感，未妨雲壑寄高情。

四皓圖

事定歸來舊隱深，皎然松雪映雲林。寥寥高誼千年後，似覺元之最賞音。

先生節義重丘山，冠珮遥瞻漢嗣安。莫以隱淪忘世論，一身歸潔果何難。

苦諫臣通已謾爲，一書光動紫嚴芝。後人只説安劉重，不道留侯策更奇。

顯宗墨竹

離離香粉淡争妍，莫作荒寒景趣看。絶似承華宫檻畔，春風和露濕闌干。

一枝蒼雪映遼江，滿意春煙鎖建章。監國撫軍仁孝在，不應游藝較蕭郎。

雲溪先生畫像

大定明昌五十年，聲明文物出中天。畫圖一識雲溪老，耆舊風流墮眼前。

訪京師故里

四紀光陰黍一炊，重尋陳迹已都迷。百年風樹悲涼底，更遣朱衣問碧雞。

秋夕早起

鏡裏顔蒼鬢雪如，憂心中夜轉民區。關門看雨驚連夕，堂下秋蘭恐半蕪。

聞方響　時過一第宅

丁東鏗戛碎璆琳，掩盡朱絃窈眇音。花外粉牆遮不斷，珮環清徹洞房深。

壬申門帖子

任運喜尋蕭遠論，廣騷慵擬楚人辭。里兒莫訝三冬蟄，一寸丹心用有時。

題王仲通二友亭

冶葉昌條占好春①，轉頭紅雨委芳塵。歲寒伴我初心在，二友歸來是故人。

得失之間勢利交，脅肩何翅夏畦勞。淡交自得志言友，醉眼螟蛉視二豪。

此君高節對髯龍，雪壓霜封傲睨同。不羨杏梢春意鬧，等閑開謝是東風。

酒蠅閧集霑餘瀝，火鼠潛趨媚竈炎。誰似歲寒亭上客，儘將冰雪澡吾廉。

老眼相看十五年，青青節操貫時賢。自怜蒲柳非真質，兩鬢秋風久颯然。

【校】

①「冶」，弘治本作「治」。

題卜隱王君手軸

洛陽織畚王丞相，異事驚逢少室翁。我試問渠曾見否，太平天子夢非熊。

百年人事有乖通，萬彙流形本不同。付與君平都一笑，滿簾紅日落花風。

大易幾微得最神，闖懷陰穽失崖垠。坡仙有句堪書贈，醉裹微言更近真。

有命何嘗論智愚，班超傭筆衛青奴。一從遇着□□客，閑氣胸中一點無。

學術源同有淺深，如君龜策入幽尋。自怜一片靈臺月，才並明時被物侵。

題松陰訪古圖

舟横遠水翻蘭棹，人倚長林諷楚詞。卻憶來河南畔路，松崗晴雪晚遊時。予壬申冬大雪後，曾謁司馬相公墳，故云。

春雲出谷圖

岫雲初出豈無心，擬向人間作傅霖。萬壑忽爲風散去，卷舒應見本空陰。

看雲曾上太山巔，淡抹空濛總自然。似慰幽人怡説意，故縈林壑弄春妍。

牧牛圖

車邊起飯歌何烈，角畔横書世謾驚。何似短僮無所識，夕陽村落見升平。

溪橋風雨圖

前溪才渡又危橋，風雨行人已倦勞。更着客心孤迴處，遠煙明滅寺樓高。

跋後唐莊宗披樂圖

王業艱難百戰開，洛宫春色醉瑶臺。那知兩部仙韶樂，總是君王火葬材。

紅雲香暖翠屏閑，横玉聲清内殿寒。誰道畫師無遠意，丹青應見守成難。

群鵠古柏圖

振翮蒼巔控老拳，霜空初不隔秋煙。料應攫裂脩蛇後，相與朋來一砉然。

畫夢中語

春雲容與春陰輕，杏梢點紅楊柳青。人在畫樓斜照外，秋千臨水影亭亭。

春江獨釣圖

前金平陽人孫子安筆十三科皆工

渺渺春江碧若空，一絲斜裊釣壇風。富春莫擬幽棲穩，已在君王物色中。

峴山秋晚圖

春風漢水大堤平，雲静譙樓峴首青。千古愴懷羊太傅，幾時親酹玉雙瓶。

伐石東崗得小山一株雙峯并秀若夏雲突元者因命曰湧雲僉謂名之甚稱作詩以紀之①

坤靈凝秀幾千春，一日佳名號湧雲。淡僻性便雖老在，自挑沙礫看奇文。

【校】

①「以紀」，弘治本闕。

孟光捧按圖　爲申主簿受之賦

何噫歌裏動晨炊①，一敬還驚按等眉。想得主人茅宅下②，肅雍形出二南詩。

具門煙暖褐衣輕，舂賃中間見本情。豪蕩阿戎那解此，夢回青瑣得卿卿。

【校】

①「何」，弘治本闕。

②「宅」，弘治本作「宇」。

稠禪解虎圖

宋均政異於菟去，魯宰風行野雉馴。誰爲碧巖方外客，等閑藜杖也通神。

楞嚴堆案滿凝塵，山下閑來解虎紛。千古阿師公案在，寶香熏徹百巖雲。

乙亥重九日客□臺鄉板橋里

滿川煙雨對南山，冷浥重巖細菊班。不着白衣携酒至，卧瞻衡宇已開顔。
無人對菊情逾遠，有酒盈樽意倦斟。十日板橋田舍底，似教平子遂初心。
依依墟落俯山郊，雨濕炊煙覆屋茆。一夜秋風飄木葉，露巢高下見林梢。
瀟瀟山雨暮寒生，漠漠青林宿靄横。把菊珮萸俱寂寞，卧聽簷溜走湍聲。
一官殆爲公田秫，塊坐渾疑野老禪。我喜静中觀物化，鹿臺風景似斜川。
疊巘相連老雨昏①，秋香狼藉擁籬根。野情本與漁樵熟，共席來傾老瓦盆。

百年悲感登臺杜，四座驚看落帽嘉。野鳥送歌人勸酒，閉門風雨醉山家。

山中佳節欲何酬，醉裏閑書醒不休。共着一樽相慰藉，李卿申子兩江州。

【校】

①「巇」，弘治本作「巘」。

讀易龕即事

揭來採石事間關，卻得幽潛兩月閑。准擬後人重到此，指名王子讀書山。

十三年四月十九日待中灤渡

泛泛輕航破浪花，春風自信動檣牙。不煩更擊中流楫，六合澄清到一家。

宿開封後署

拂拭殘碑覽德輝，千年包范見留題。驚烏繞匝中庭柏，猶畏霜威不敢棲。

許昌道中望三封山

大河失險已無金，不待釣臺一雪深。十萬選鋒同日死，西風吹恨滿遙岑。

跋松風醉歸圖　南陽脩端卿藏

不向東華踏軟紅，夢歸丘壑灑松風。夜深健到山間石，吹萬從渠總不同。

危行危言到兩難，炎涼時事旋相看。放教兩耳秋風裏，待與髯龍約歲寒。

題煙江疊障圖

楚水吴山萬里秋，風帆吹飽北來舟。應怜滿眼新亭客，空對江山雙淚流。

江上晴嵐萬疊山，幾綠亡國帶愁顔。而今一統無南北，滿意風煙送往還。

昆陽道中同陳節齋考試河南

官事無涯有限身，拚教赤日走紅塵。十年薄宦崎嶇裏，笑煞羲皇向上人。

朝趨長路暮郵亭，遠自南陽到洛京。馬上唱酬三百里，宦遊無似此回情。

路氏子榮養堂

遺羹親拜封人廟，戲彩重登路子堂。二事半生俱不遂，看雲淒断蓼莪章。

退思亭詩卷

退食歸來静掩扉，比量心事到精微。今年京洛重相值，一話能知五十非。

滿壺清醑薦柔毛，一尺甘膏遍洛郊。總道使君誠意格，至今歌頌滿衡茅。

拜狄梁公祠下

取食虞淵力儘多，洗光重照舊山河。雄忠貶入周人列，似覺文公立法苛。

京西道中

漢家綿蕝要齋郎，見説趨程舉子忙。一道緑槐梁苑樹，輕花也學十分黄。

怨笛落江梅

鏡裏青鸞怨獨棲，月邊疏影伴横吹。誰怜一曲春閨思，箇裏幽香是素知。

柏鄉光武朝

上谷兵威突騎良，風塵河朔入披攘。蒼涼鄗邑祠前月，曾照君王萬歲觴。
臨制亡疑見理明，治隆三代所由行。竟從讖緯論邦計，地下桓卿恨未平。

宮武當年兩虎臣，丹青千古照麒麟。十年紫禁煙花底，判府歸來恐笑人。

麥飯蕪蔞誓不忘，肯教大樹日蒼涼。竭忠竟得來吴輩，何慮蜀蛙不井亡。

山行雜詩

川隔寒山日上遲，槲林平抹霧煙齊。晚涼貪趁征驂健，捩卻西山四五題。

亂山合沓四圍青，行近星軺路漸平。大約太行吾肺腹，一重一掩總天成。

入山不比出山寬，回轉青林路詰盤。曉色漸分煙店近，范寬圖上記曾看。

太行元氣老洪濛，草樹風前帶潤容。山色只宜差遠看，近移空翠上高峯。

西來游宦半忙閑，六日迢遥道路間。回轉羊腸三百里，天教馬上飽看山。

入雲蒼嶺望中賖，石逕蜿蜒走白蛇。見説碧峯争秀麗，不愁車馬下狼車。

過山陽縣題七賢祠

不到山陽二十年，黄壚空瑣竹林煙。盧胡笑煞嵇劉輩，又向西山着祖鞭。

七賢來爲此君遊，終歲相看散百憂。卻爲歲寒貞節在，十年憔悴伴人愁。時竹禁嚴，故云。

山行雜詩

門前流水屋頭山，馬上行人畫葉間。清化許梁三十里，只除天許此中閒。

錦窠蓮炬竟虚聞，五馬西來忝幕賓。似爲愛山緑分重，着詩模寫太行真。

過濯灑城

炎漢淪精到此灰，獻皇空使後人哀。篡成不獨曹□罪，須信桓靈是禍胎。

路人蕪城漲麥雲，獻靈千古廟猶存。一杯誰着濁漳水，少爲征西酹餒魂。

題馬坊

久遊都邑無明略，出判名藩媿不才。忽得解鞍俱忘卻，一聲幽鳥竹邊來。

題山陽七賢祠

黄塵換盡豸冠霜，薄宦驅人拯火忙。一勺七賢祠下水，療飢猶勝食官倉。

山行雜詩

山下良田苦不多，耕來山頂作旋螺。薰風五月燕南道，千里黄雲際兩河。

唐叔虞廟

巍然遺廟枕城崖，霸業桓桓自此開。剗地不銷昭伯血，爪分何爲出公哀。

潞公亭

唐都東望故城荒，澮水翔山半多陽。前日潞公遺愛在，至今亭構比甘棠。

陽城道中

兩極坡長馬力窮，澤南百里水泉空。朝來丹沁東邊路，始見河山大地雄。

南來似爲亂山囚，後擁前遮苦見留，多謝鍾靈不嫌俗，坦然煙谷縱鳴騶。

守歲夜宿太陵田舍

今年除夕苦羈棲，着我西山更向西。一窖太陵田舍火，雪龕孤坐聽猿啼。

田家無物具茶餳，爐火龕燈建曙明。野老向人無別話，新年時熟長官清。

過郊底村聽田父話陝州事

張姓名一曾授策州軍判

離離殘雪點山郊，老樹冰崖映斷橋。縱使林泉有佳趣，住山活業本蕭條。野叟龍鐘百戰酣，目光如炬尚耽耽。阿欽一死無由得，對坐從渠説趙三。時欽叔在阿不罕元帥府作經歷官。

新道成試車東下寄德昭書史

千仞谿山險已平，朝來喜逐炭車行。兩鄉父老來争賀，萬事元輸有志成。

野步

曳杖山行記可遊，崎嶇初不厭經秋。静怜苔色圍孤石，閑愛長松蔭碧流。

大石横崖亂作層，偶來孤坐適幽情。春生先自溪流見，暖散冰泉繞舍鳴。

蒼澗行歌不見人，草心泉脈動朝曛。溪邊倚杖看來久，沙水空明散錦紋。

王惲全集彙校卷第二十七

七言絶句

過文貞宋公墓

廣州去闕幾千里，中使銜恩信貴僚。莫訝簡驢無一語，太平勳業見風標。

沙丘宫

齊梁霸趙何雄壯，探彀因鋒遽懦庸。千古興亡酷相似，武靈而後有莊宗。

柏鄉道中

聯鑣時喜笑談開，不覺凄風漲面埃。曉日迫亭橋畔路①，青山一道柳邊來。

【校】

①「迫」，抄本、薈要本同元刊明補本；四庫本作「柏」。

大都小雪時聞兩廣捷至

雪翻廣陌飄梅粉①，雲覆宫牆抹竹煙。預爲新年傳喜慶②，捷書一夜到甘泉③。

【校】

①「陌」，元刊明補本作「柏」，據抄本、薈要本、四庫本改。

②「慶」，元刊明補本、抄本闕；據薈要本、四庫本補。

③「捷書一」，元刊明補本、抄本闕；據薈要本、四庫本補。

宮杖亡宋物也左丞姚公以上所賜出示坐客故有此作 效王建體

六宮催上木蘭舟，百色輸來不敢留。親見紫宸新製杖，金盤龍地玉虬頭。

過中山府

紅旗鐵馬響春冰，儒將清邊世莫驚。遼吏不知溏泊險，使來先問二蘇名。

過梁門

漠漠蒼溏海氣霾，銅梁北照遂城開①。不知陂漲能遮甚②，萬騎澶淵索戰來③。

【校】

①「北」，抄本同元刊明補本；薈要本、四庫本作「此」，非。

②「陂」，抄本同元刊明補本；薈要本、四庫本作「坡」，非。按：《秋澗集》四庫本、薈要本「陂」多誤作「坡」。後依此不悉出校記。

③「澶」，元刊明補本闕；薈要本、四庫本作「藪」；據抄本補。

毳幕卓歇圖

牙旗風軟馬蕭蕭，渭水歸來氣更豪。想得龍沙西北道，際天秋草黑山高。

題花光墨梅二絶

蜀僧超然，字仲仁，居衡陽花光山。避靖康亂，徙江南之柯山，與参政陳簡齋並舍而居。山谷所爲研墨作梅①，超凡入聖，法當冠四海而名後世，嘗有「移船來近花光住，寫盡南枝與北枝」之句，其丰度可想見矣。趙雲夢題云：「如王謝子弟，倒冠落佩，舉止歆傾，自有一種風味。」蓋前朝高丞相家物。《暗香》、《疏影》、《溪雪》、《春風》四圖，今失其《溪雪》，見爲宋漢臣所收。僧號「花光道人」，東坡②、山谷、少游皆有贈詩③。

滿溪明月影扶疏，只枉緇塵點雪膚④。展放畫圖還記得，孤山離落漲西湖⑤。

破墨能開雪裏芳，道人花供老猶香。移船要近花光住，笑殺涪公有底忙。

【校】

①「爲」，抄本同元刊明補本；薈要本、四庫本作「謂」。

②「東坡」，抄本同元刊明補本；薈要本、四庫本脱。

③「皆有贈詩」，抄本同元刊明補本；薈要本、四庫本作「皆贈以詩者」。

④「點」，抄本同元刊明補本；薈要本、四庫本作「照」，非。

⑤「離」，抄本同元刊明補本；薈要本、四庫本作「籬」。

裕卿李兄來别復效樂天體以贈

晤語從游喜任真，玉堂僧舍幾相親。河梁莫厭重攜手，明日共爲千里人。

題朱彦暉三陪手卷

謂木庵陪飯竇漢卿陪針陳學士陪口也陳時可字秀玉①

余年五十覺龍東，左臂偏枯右耳聾。説道燕城陪手客，此針傳授到朱公。

【校】

①「木庵」，抄本、薈要本、四庫本作「木菴」。「陳時可」，抄本同元刊明補本；薈要本、四庫本作「陳名時可」。「玉」，抄本同元刊明補本；薈要本闕；四庫本作「甫」。

江村訪友圖

江東宰相説風流，賈嗣吴潛果孰優。今日國亡公論出①，時須來訂晉陽秋。

廉公作牧古無雙②，聞道旌招别楚邦。何計挽留令活我③，似來謀及鹿門龐。

兩椽茆屋枕江濆④，杖屨來敲月下門。不是愛梅多看竹，冷香疏影坐黄昏。

【校】

①「公論」，元刊明補本闕；薈要本、四庫本作「公道」；據抄本補。

②「作」，抄本、薈要本同元刊明補本；四庫本作「竹」，非。

③「令活」，元刊明補本、薈要本闕；四庫本作「陪老」；據抄本補。

④「茆」，抄本同元刊明補本；薈要本、四庫本作「茅」，亦可通。後依此不悉出校記。

韓幹畫照夜白圖

開元天子燕遊多，一骨承恩玉色瑳①。所養自來非所用，雨中蜀棧要青騾。

纓紱騶衣一色紅②，玉華光照苑門空。昭陵六駿秋風裏，辛苦文皇百戰功。

沉香亭下牡丹芳，宫漏穿花夜宴央③。輦路傳呼停鳳燭，内家歸詫玉麟光。《松窗雜録》云：「開元中，明皇嘗乘照夜白與太真妃賞牡丹於沉香亭④。」

政捐金鑑九齡歸，聲色糊塗醉不知。天意種深天寶禍，故生尤物配妖姬。

【校】

①「瑳」，抄本、四庫本同元刊明補本；薈要本作「枯」，非。

②「紱」，抄本、四庫本同元刊明補本；薈要本作「袚」，非，

③「宴」，抄本、薈要本同元刊明補本；四庫本作「未」。

④「太真妃」，抄本同元刊明補本；薈要本、四庫本作「楊太真」。

題何侍御所藏雪霽江行圖

雪霽澄江照眼開，常年十月蔽兵埃。而今風物真堪畫，滚滚行商兩浙來①。

柏臺霜信肅江楓，寒入黄茅瘴已空。一線暮江春雪外，枉將新意詫清雄。

炎瘴消殘一雪餘②，勾吴無地不亨衢。江山正要燕公筆，卻點縲絏入畫圖。

【校】

①「滚滚」，抄本、薈要本同元刊明補本；四庫本作「衮衮」，亦可通。後依此不悉出校記。

②「消」，抄本同元刊明補本；薈要本、四庫本作「清」，形似而誤。

滕王蛺蝶圖 劉侍御家藏①

兩翅輕翾暈粉金，内人無計撲羅襟。南昌閣底花如霧，迷殺春香一寸心。

槐壤紛紛事暫歡，枕中栩栩伴周閒②。丹青欲識滕王意，須着人間比夢間。

粉香金翠夢能甜，細寫春悰入筆尖。卻恐尋香飛便去，六宫争下水晶簾。王建宫詞有「傳得滕王蛺蝶圖」之句。

【校】

①「蛺蝶」，元刊明補本、抄本作「蝶蟻」，據薈要本、四庫本改。

②「閒」，抄本、四庫本同元刊明補本；薈要本作「闌」。

夏日玉堂即事

悠悠時事百年心，歲月徒成昨與今。萬一寸長能及物，不愁華髮已盈簪。

失時已抱周人恨，濟物長深永叔懷。鈴索不鳴朝日静，坐看簾影轉苔階。

世願登瀛不作卿，玉堂更比憲臺清。只緣白獸樽中醴，當日元王爲穆生。

陰陰槐幄冪閑庭，静似藍田縣事廳。細草近緣春雨過，映階侵户一時青。

日長上直玉堂廬，思入閑雲待卷舒。重爲盛時難再遇，等閑羞老蠹書魚。

故開府儀同三司中書左丞相贈太尉謚忠武史公挽詞 并序①

維大元國至元十二年歲乙亥二月七日，中書左丞相、忠武史公以疾薨于位。訃聞，天下痛悼，嘆哲人之云亡，哀斯民之無禄。在某又有感焉而不能已者。初，壬子歲，公受封於衛。其年秋，來視師，某以諸生啓事上謁，特睠焉録用，實資藉之，俾進其所未至，以需時用②。逮中統建號之明歲，公入當鈞軸，時某掌記中堂，館門下者半歲，首奏擢除翰林修撰兼内省都司③。既而以事詿④，得公辨明免歸。至元改元，總尹都督移鎮東魯，辟某充幕官，遵公命也。公之意蓋欲革舊事、行新用也。九年壬申，繇御史得調平陽⑤，謁公，授嗾去曰：「若綿歷頗久⑥，同列貴和，餘復何云？」明年，朝議經制南伐，詔公開府襄州節制諸軍。又將以僚屬召，尋輿疾北還，事雖不果，於菲薄寔加重。嗚呼！昔韓愈從事汴州，於隴西公有惓惓不忘者，在裴中令爲可知⑦。不肖某何敢望昌黎之清光？而忠武勳德，爲世宗臣，遠邁中令。而某也，始終沐公裁成卵翼，使聲光熠耀於時，其感戴當何如哉？一旦遡大樹之悲風，痛吾儕之安仰，此李平、廖立淚下而霑襟者也。爰賡《薤露》之歌，用表素旂之末。前十章頌公德業之萬一，後五章攄平昔顧遇辱知之厚。傳武侯於近代，敢躡蹤張拭之文⑧；贊充國於麟臺，庶張本揚雄之作。尚冀神靈鑑兹誠悃。其詞曰：

補衮功深作帝箴，片言能霈萬方霖⑨。白頭無地酬知己，重爲蒼生淚滿襟。

寇鄧高勳上將材，丹青圖畫冠雲臺。舉頭納納乾坤大，辛苦中原百戰來。

南臨江漢北無垠，英衛軍機祐預仁⑩。百代盛從青史見，漢家羣后有元臣。

遺表陳情不及私，南征無嗜殺爲嬉。身雖不覩吴平後，羊祐恩威有素規。

元勳高在麒麟上，曠度初無智勇名。欲見令公陰德厚，一門八子總公卿。

幾年黄閣見調元，福浸蒼生奠枕眠⑪。兩號改元幾二紀，不交波及海南天。

閫節堂堂五路尊，繼承諸姪動天閽⑫。推恩不爲夷齊讓，要慰先臣地下魂。

身後論功誓不磨，德韡高塚鬱峩嵳⑬。千年零落丘山底，忍聽唐鐃作露歌。

上計歸來愈謹忠，又從潛邸識真龍。十年浴鳳池邊夢，不到歌鐘甲第雄。

逆齋節志竊桓丈⑭，鯨鬣翻波海氣昏。堂上有兵能制勝，一言料死苙中豚。時予都司中堂⑮，公聞逆壇突入濟南，有「豨入圈，無能爲」之句⑯。至成擒，竟如所料。

先皇登極公封衛，賞識初緣啓事陳。二十年間門下客，愧無椽筆贊經綸。

昂藏緑野堂前鶴，飲啄當年在鳳池。一諾見推連省署，九泉埋骨荷深知。中統二年⑰，余在上都公館焉⑱，日陪侍左右。

幕圍火烈燕巢傾，此際誰能託死生⑲。一語保全微命去，聖安方丈記辭行。

拂衣歸去老田園，木屑�頭苦見憐。尺一起爲蓮幕客，東平門下又三年。

征南開府控襄州，舒也何爲預唱籌。報德愧無千字誄，峴山南望淚空流。

【校】

①「并」，元刊明補本、抄本作「有」；據薈要本、四庫本改。

②「時用」，元刊明補本闕；薈要本作「□不」；抄本作「□求」，據四庫本補。

③「除」，抄本同元刊明補本；薈要本作「時」，非；四庫本作「爲」。

④「以事註」，抄本同元刊明補本；薈要本、四庫本作「以事註誤」，衍。

⑤「繇」，抄本作「繇」；薈要本、四庫本作「由」。

⑥「歷」，抄本同元刊明補本；薈要本、四庫本作「力」，聲近而誤。

⑦「裴」，抄本同元刊明補本；薈要本、四庫本作「悲」，非。

⑧「拭」，抄本同元刊明補本；薈要本、四庫本作「栻」，形似而誤。「文」，抄本同元刊明補本；薈要本、四庫本作「知」。

⑨「霈」，抄本同元刊明補本；薈要本、四庫本作「沛」，俗用。後依此不悉出校記。

⑩「祐」，抄本、薈要本同元刊明補本；四庫本作「祜」，形似而誤。後依此不悉出校記。

⑪「眠」，抄本同元刊明補本；薈要本、四庫本作「安」，非。

⑫「姪」，抄本、四庫本同元刊明補本；薈要本作「侄」，亦可通。後依此不悉出校記。
⑬「韃」，抄本同元刊明補本；薈要本、四庫本作「鞨」。
⑭「齋」，抄本同元刊明補本；薈要本、四庫本作「齊」。「丈」，抄本、薈要本、四庫本作「文」。
⑮「予」，抄本、薈要本同元刊明補本；四庫本作「子」，形似而誤。
⑯「豨」，元刊明補本作「絺」，據抄本、薈要本、四庫本改。
⑰「二」，抄本、四庫本同元刊明補本；薈要本作「一」，非。
⑱「焉」，抄本同元刊明補本；薈要本、四庫本脱。
⑲「此」，元刊明補本、抄本作「北」，據薈要本、四庫本改。

萬壽節同宋太常弘道出左掖門口號①

禁漏穿花夜已央，宫槐籠曉色蒼蒼。慇懃一點東華日，先到紅鸞扇影光。

隔夜端門分板位，平明簪笏列鵷行。紫雲低覆千官拜②，潤入金爐百和香。

羯鼓聲高吹管清，九天合作鳳鸞鳴。侍儀贊喝三成後③，磬折齊呼萬壽聲④。

花映巖廊近紫宸，宮官行酒過三巡。共攜滿袖香煙出，散作都城十日春。

對品班分玉笥行，一時望拜殿西廂。百官燕出宮闈静，疏雨濛濛濕建章。

【校】

①「弘道」，抄本同元刊明補本；薈要本、四庫本脱。

②「雲」，抄本、四庫本同元刊明補本；薈要本作「行」，非。

③「喝」，抄本同元刊明補本；薈要本、四庫本作「唱」，非。

④「磬」，抄本、四庫本同元刊明補；薈要本作「罄」，亦可通。後依此不悉出校記。

過王太師廟

在壽張縣西三十里

老雨莓苔滿露臺，野棠花映廟門開。地中鐵戟消沉盡，時有陰風樹杪來。

題開州驛亭壁　并序

昔有宋之三葉也，遼人大舉入寇，南抵澶淵，有併吞席卷之勢。堯叟以蜀産，主議西巡；欽若以吴人，請狩建業。社稷安危在此一舉，萊公審勢明，料敵果，挺不拔之忠，任投瓊之責，奮不顧身，竟夷國難。當時遼舉國之兵膽已墮，公北狩，一言奚待，斃延壽一矢之力也。庚申秋，予應辟東魯，道出是邦，按轡周覽，想河流之奔洶，仰壁壘之雄峻，斯亦宋之金湯也。遂盤礴回鑾碑下，慨然有懷。古人臨大節，處大難，胸中素有所定，不然，淮陰以漢中略對，烏得還定三秦？武侯以南陽一論，遽能西取劉璋、東向以争天下者哉？

幸蜀巡吴避鋭鋒，竟從孤注就天功①。千年草木餘威在，野老猶能説寇公。

【校】

①「就」，抄本同元刊明補本；薈要本、四庫本作「助」。

題宗畫三教晤言圖

兩晉玄風倡永嘉，晤言新意出承華。後人莫作無同論，剖破藩籬即大家。

微言初不出吾書，正恐雄誇涉誕虚。坐上若拈花葉問，發端當自仲尼居。

承華宸翰日重光，大定聲明有父皇。若以撫軍監國論，長沙書疏未容忘。

緇衣蔽路樂清修，羽客談玄日自由。眼孔似憐吾輩小，終年平地看錢流。爲儒户印造寶鈔①。

鬢絲禪榻喜相依，休問珠英果是非。已着孔林殘照裏②，青衿漸染變緇衣。

【校】

①「爲」，抄本、薈要本同元刊明補本；四庫本作「謂」，亦可通。

②「着」，抄本、薈要本同元刊明補本；四庫本作「看」，形似而誤。

徽宗臨張萱宮騎圖

鞅胯頳衫玉帶圍，騣華翻影下瑶池。老徽筆底無留思，貌盡春風出閣儀。

碧暈紅絪思有餘①，較來經國太工夫。大風歌裏雲飛遠，不畏高皇笑殺渠。

【校】

①「絪」，抄本、薈要本同元刊明補本；四庫本作「裁」。

戊寅歲燕都元夕

萬家簫鼓憶升平，九陌銀華璧月澄。此夕薊門南北望，風簷隨分兩三燈。

九齡忠諫圖

挺笏摧奸論已萌，帝心唯恐悮忠貞。開元所事呈來足，只欠成都萬里行。

樂土宣瀲鵜圖

宣和畫工①

彩羽翬明照影閑，蓼汀沙暖睡初殘。擊揚寄謝霜空鶻②，輸與江湖百頃寬。

【校】

①「土」，抄本同元刊明補本；薈要本、四庫本作「士」。「鵜」，抄本同元刊明補本；薈要本、四庫本作「鶒」。按：作

「鵜」者，蓋涉下字而偏旁類化，本當作「鵜」；作「鵜」，或亦爲「鵜」之訛字。

②「擊」，抄本、薈要本同元刊明補本；四庫本作「鷙」，非。

四皓圖

山中日月到華胥，澗飲芝餐樂自殊。苦被留侯容不得，須教人彘事相汙。

送南冠徐子懌兵後還武昌

臥老盧龍塞下春，故鄉心緒異鄉身。燈前一展平安報，照眼清江月近人。

故里依稀竹樹煙，白頭此日是歸年。多應秉燭東湖夜，夢裏相看一泫然。

王摩詰驪山宫圖

安遠門西萬里餘，耕桑煙火總民居。只應勤政樓中夢①，百倍華清樂不如。

憶昔風流王右相，開元親侍玉堂廬。細吟凝碧池頭句，政恐丹青是諫書。

【校】

①「應」，弘治本同元刊明補本；薈要本、四庫本作「因」。

跋張龍丘簪花圖

醉吟賞盡洛陽春，老與坡仙作近鄰。未礙一枝長在眼，静庵方寸本無塵①。龍丘子晚居黄岡，號「静菴居士」，與東坡爲鄰。

【校】

①「庵」，弘治本同元刊明補本；薈要本、四庫本作「菴」，亦可通。按：庵、菴，多可通。後依此不悉出校記。

荆氏周急圖

九縣飆馳到杞天①，禾廛櫛比豈容全。指困能繼前賢舉，亦是農家識事權②。

【校】

①「杞」，元刊明補本、弘治本作「圮」，據薈要本、四庫本改。

②「農」，弘治本同元刊明補本；薈要本、四庫本作「君」。

宣和梅蘭圖

暈碧裁紅奪化權，冰姿芳魄鬥春妍。只應五柞宫中夢①，不到幽香淡影邊。

木有寒梅草有蘭，色香宜作一圖看。曾憂荆杞生庭户②，歲暮芟夷有至難。

【校】

①「應」，弘治本同元刊明補本；薈要本、四庫本作「因」。

②「杞」，元刊明補本作「祀」，形似而誤；弘治本、薈要本作「圯」，非；據四庫本改。

題張寶臣手卷

華裾織翠萬金身，名動春坊劍字新。全似當年天策府①，經綸王業半儒臣。

【校】

①「似」，弘治本同元刊明補本；薈要本、四庫本作「是」。

跋船子和尚圖

戢戢波間萬鮪遊，一鉤那得盡迴頭。何如收卻綸竿坐，明月千江任自由。

漁樵閑話圖

艤舟弛擔兩欣然，千古興亡話眼前。忘卻前溪歸路晚，暝煙横合碧山巔。

觀稼

朝餐不再腹爲虚，多稼雲連仰雨濡。今日東城看佳色，愈知糞壤是金珠①。

今年薪桂米量珠，日聽閭閻有殍夫。縱使積金高北斗，不知能濟此飢無。

煙鋪雲委泛晴光，平遠風來粒米香。鄒孟最深王道本，徑從五畝論耕桑。

【校】

①「愈」，抄本同元刊明補本；薈要本、四庫本作「預」。

雨後馬上看山①

西山盡日塵土面，一雨晚來膏沐容②。晴霽最堪圖畫處，白雲零亂點高峯。

【校】

①「雨後馬上看山」，薈要本、四庫本同元刊明補本作「雨後看山」，據抄本補。

②「晚」，抄本、四庫本同元刊明補本；薈要本作「朝」。

竹林七賢圖

森森煙玉太行秋，七子徜徉結勝遊。笑殺阿戎真俗物，出山能幾執牙籌。
魏晉清談倡若徒，永嘉東播洛爲墟。大書不削陽秋筆，更着丹青託隱居。

讀文中子傳

書成復性才稱訓，道見原人本自文。聖學操存元不易，白溪猶有淺深分。

山壑萬松圖

髯龍落落不凡材，萬壑蒼煙鬱未開。絶似澗阿幽隱士，苦嫌塵土不歸來。

巖風謖謖泛秋聲，展放横披眼便明。酷似龍門山正北①，兩崖陰合記經行。

大厦欹傾要棟梁②，萬材於此鬱蒼蒼。正須叮囑工師輩，爲桷爲榱細選量。

構厦先論大匠賢，宋楹棖闑不相捐。何當剪伐長材外，乞與坡仙作竈煙。

【校】

①「門」，抄本同元刊明補本；薈要本、四庫本作「山」，涉下而誤。

②「欹」，抄本同元刊明補本；薈要本作「圯」，非；四庫本作「杞」，聲近而誤。

讀開元天寶間事

庭旛錦繡初年事，矯枉情過久復歸①。鄒孟一言垂至戒，大臣無切格君非②。

常山不屈平生節，中令能明死後忠。未若廣平還具眼，當朝終不賞邊功。

【校】

①「矯」，元刊明補本作「嬌」，據抄本、薈要本、四庫本改。

②「切」，抄本同元刊明補本；薈要本、四庫本作「似」。

李龍眠二駿圖

突嗑相忘絡腦羈①，沙平春静草淒迷②。後人莫作丹青看，特爲南華釋馬蹄。

遼夏尋盟静塞塵，駉駉歸逸華山雲③。當時騋牝三千匹，辨與龍眠策畫勳。

【校】

①「嗑」，抄本、薈要本同元刊明補本；四庫本作「齧」，俗用。

②「静」，抄本同元刊明補本；薈要本、四庫本作「浄」，聲近而誤。「淒」，抄本、薈要本同元刊明補本；四庫本作「萋」，亦可通。後依此不悉出校記。

③「駉駉」，抄本、薈要本、四庫本作「駉駉」，形似而誤。

候廉相病

詩書素業清時樂，草木平泉四季春。識取相君無妄疾①，自來憂道不憂貧。

金華恩眷見來深，李泌初無富貴心。琴裏南風如解慍，正煩吹起傅巖霖。一作「況是岱雲能寸合，肯教空作傅巖陰。」

當年匹馬走雷風，氣壓秦川百二雄。今日露花欄檻底②，秋絲争吐看青蟲。

貧不能移貴不驕，丈夫到此是雄豪。何當慰滿蒼生望，卧看東山月影高。

【校】

①「識」，抄本同元刊明補本；薈要本、四庫本作「議」。

②「花」，抄本同元刊明補本；薈要本、四庫本作「華」，亦可通。

明皇按樂圖

羽曲調音到克諧，宫中花柳四時開。五絃儘有南薰手，卻喚花奴解檅來。

興慶宫池水殿深，帝心横潰溺娃淫①。讓皇交愛情何切②，獨爲君王辨八音。

逸圖零落御前㟞，心醉華清按樂聲。擊損碧梧緣底事，促教秋雨劍關行。

【校】

①「娃」，元刊明補本、抄本作「哇」，據薈要本、四庫本改。

②「交」，薈要本同元刊明補本；抄本、四庫本作「友」。

李伯時二馬圖

肉騣連錢汗血無，絶足日與駑頑俱①。何當與馭彪將髀②，蹴踏逋孽闖東隅。

【校】

①「頑」，抄本同元刊明補本；薈要本、四庫本作「駘」。

②「彪」，抄本同元刊明補本；薈要本、四庫本作「虎」，俗用。

承顔堂

舉世紛紛説奉承，色窮愉婉古難能。近因細讀蘇公傳，眷戀庭闈有足稱。

太子府戊寅夏六月廿日千秋節同承旨姚公尚書許公行香口號

入朝已盡三嚴鼓，禮佛重行繞殿香。洞户啓時宫燭迴，五雲朝處少微光①。

前星光彩日重輝②，幻海風煙動羽旗③。曲冥未終閑委珮④，朶頤廊下看靈龜。將入宫，夜夢一大龜飛舞余前。明日祝壽畢，遂觀此龜⑤。

沉沉蘭殿寶香薰，濟濟衣冠四皓賓。識取元良無筭壽，斂時多福錫生民。時奏停運司。

【校】

①「朝」，抄本同元刊明補本；薈要本、四庫本作「高」。

②「星」，元刊明補本作「呈」，據抄本、薈要本、四庫本改。

③「幻」，抄本、薈要本同元刊明補本；四庫本作「幼」，非。

④「冥」，抄本作「宴」；薈要本、四庫本作「暝」，亦可通。

⑤「遂觀此龜」，抄本同元刊明補本；薈要本、四庫本作「遂得觀大龜」。

題沁州杜敬夫醉經堂沁春秋時地名⿰革同鞮即文中子祖父故居銅川地①

金沙霧散滿懷春，總爲從來味道醇。酣適愈深心愈樂②，不任桮杓復何人。

聖賢真味日陶然，王氏遺書有正傳。河上丈人如見問，卻還糟粕到銅川。

飲食誰非飽即嬉，至論珍味幾人知③。六經奧旨醲於酒，不到沉酣總啜醨。

【校】

①「夫」，薈要本、四庫本同元刊明補本；弘治本作「天」，形似而誤。「⿰革同」，弘治本同元刊明補本；薈要本、四庫本作「銅」。

②「酣」，元刊明補本作「醋」，形似而誤；據弘治本、薈要本、四庫本改。

③「珍」，弘治本同元刊明補本；薈要本、四庫本作「真」。

李相師詩 并序

伏以簾垂坐卜①，蜀君平禄命雖高；目擊道存，袁客師人倫尤妙。嵩巖處士李君術窺鬼眼，鑑洞清霄，馳聲於京華二十年，閲人於市樓幾百輩，多因勢解棼之説②，無虛高過喻之辭。待詔公車③，屢承恩眷，直氣曾驚於户牖，微言預兆於機祥④。爲賦新詩，先書小序。

霧隱雲驤虎豹文，眼中歷歷説承恩。羡君風鑑何精切，曾博紅雲一笑温。

萬事心藏到隱微，一言能發静中機。聖皇臨御思賢切，識取新豐馬布衣。

【校】

①「以」，薈要本、四庫本同元刊明補本；弘治本作「目」。

②「棼」，弘治本、四庫本同元刊明補本；薈要本作「紛」，亦可通。按：解棼，本作解紛，語本《老子》：「挫其鋭，解

其紛。」

③「公」，元刊明補本、弘治本、薈要本作「宫」，聲近而誤；據四庫本改。

④「機」，元刊明補本、弘治本作「機」，形似而誤；據薈要本、四庫本改。

過仁宗陵

道出黑石渡，同宣慰陳慶甫遊仁宗陵。後宋人曾有詩云：「干戈銷弭歲年登，邊將無功吏不能。四十三年那忍説，暗垂雙淚過昭陵。」見《朱晦翁語録》。猗蘭被路柏圍城，此日秋禾滿廢陵。伊洛水南崧少後，丙年六月記來曾。

題承顔堂卷

近讀《程氏遺書》論曾子耘瓜，誤斬其根，曾皙建大杖以擊其背①。曾子仆地，不知人事，良久而蘇，欣然而進曰：「大人用力教參，得無疾乎？」乃退，援琴而歌，使知體康。孔子聞而怒。曾子至孝如此，亦有這些失處。若是，舜百事從父母，只殺他不得。又問申生待烹之事如何，曰：「此只是恭也，若舜須逃也。」前日題此卷，詩意偶與此合，喜爲録附其後。

小雅報勞天罔極，南陔致養戒何深。浚完井廩從多故，一順能全是舜心。

【校】

①「大」，薈要本、四庫本同元刊明補本；弘治本作「入」，非。按：《孔子家語》卷四：「曾子耘瓜，誤斬其根，曾晳怒，建大杖以繫其背。」

題理宗所題宮扇①

拱手深宮四十年，只將詩酒鬥清妍。料應一片江湖夢，不到謝玄淝水邊。

【校】

①「理」，元刊明補本、弘治本作「禮」，據薈要本、四庫本改。

跋嘉祐熙寧間李昭珙所受告身三通

愛樹懷賢自昔然，眼中真宰見差肩。因思近代文明最，無似嘉熙慶曆年。

跋秦王擒竇建德圖

天命人心已有歸，怒麛抗嶽欲奚爲①。自將五載飛揚舉，辨作秦王破陣辭。

【校】

①「麛」，弘治本同元刊明補本；薈要本作「麑」，亦可通；四庫本作「猊」，非。「奚」，弘治本同元刊明補本；薈要本、四庫本作「何」。

王昭君出塞圖

絶色當年冠漢宫，誰移尤物使和戎。流連不重君王慾，延壽丹青似有功。用程晏論①。

朔漠風沙異紫臺，琵琶心事欲誰開。人生正有新知樂，猶勝昭陽赤鳳來。

【校】

①「用程晏論」，弘治本同元刊明補本；薈要本、四庫本脱。

讀趙飛燕傳

木門蒼莨向夜開①，富平騶騎欲誰猜。微行笑殺張公子，併引昭陽赤鳳來。

【校】

①「木門蒼莨」，弘治本同元刊明補本；薈要本、四庫本作「朱閣蒼廊」。

題黠鼠賦後

鼠喻雄深過柳州，竊時欺暴果誰尤。惠卿未死舒王在，悄悄孤懷爲國憂。

社鼠城狐固細微，不勞區處動嫌疑。何當論報堂階下，免使區區若輩欺。

豺豕磨牙到暴殘，容身應媿豸爲冠。咄哉此輩何爲者，未用區區計面謾①。

【校】

①「計」，弘治本同元刊明補本；薈要本、四庫本作「許」。

黃筌蜂蝶圖①

翅粉翻香卷鐵鬚，亭亭花影小華胥。黃生筆底留深思，似與齊丘釋化書。

鳳輦隨渠即幸臨②，隔花望斷翠嬪心。春風上下撲不得，飛過畫欄情更深。

【校】

①「筌」，弘治本、薈要本同元刊明補本；四庫本作「荃」，非。按：黃筌，詳見《十國春秋》卷五六《黃筌傳》。作「荃」者，蓋典籍中字從竹、從艸多有相混而爲「筌」之誤。

②「即」，弘治本同元刊明補本；薈要本、四庫本作「遠」。

題劉君用可庵手卷

忤物能全古未聞，正須多可應時人。保身猶落婁公後，唾辱須防潔面嗔。

題樂天不能忘情圖

病來心事轉蹉跎，身外猶嫌長物多。況是春歸留不得，侍兒無用蹙雙蛾。

里陌鳴珂歲月深，柳枝清唱伴長吟。一朝並逐春風散，卻是維摩示病心。

悲鳴絡馬莫回頭，説似余情久倦游。滿眼清伊石樓月，杖藜來往亦風流。

龍門八節鑿來平，千首新詩貯佛經。只爲暮年無可做，又留公案入丹青。

青衫憔悴老江州，放逐歸來萬事休。正有醉吟情未減①，又翻新樣柳枝愁。

春風不到豸冠霜，甚是温柔與醉鄉。展放畫圖還自笑，鬢絲先比樂天蒼。年四十二，髮已半白②。

【校】

①「正」，抄本同元刊明補本；薈要本、四庫本作「止」。

②「半」，抄本同元刊明補本；薈要本、四庫本作「上」。

題醉仙圖

瑶池清讌世空聞，想像仙桃物外春。畫史恍從蓬島見①，丹青貌盡醉時真。

等是高陽舊酒徒，醉鄉真樂到華胥。不然有口難言際，同向春風倒一壺。

何物諸人作怪顛，眼花落井口流涎。滔滔總是胡毋輩②，强着冠巾作散仙。

【校】

①「蓬島」，元刊明補本、抄本闕；據薈要本、四庫本補。

②「毋」，抄本同元刊明補本；薈要本、四庫本作「虜」。

公堂即事自箴

兩衙相並無尋丈，一處繁囂一寂然①。間有事來還徇卻，俯慚於地仰慚天。

【校】

①「繁」，抄本同元刊明補本；薈要本、四庫本作「煩」，聲近而誤。

門帖子

不期北里富薰天，敢羡中朝日九遷。喜見上旬壬子會，大家豐足過今年。四日壬子①。

【校】

①「四日壬子」，抄本同元刊明補本；薈要本、四庫本脱。

題杜氏近仁堂

青青庭草我何殊，物體方苞戒薙除。致養此心能類長，一軒和氣際堪輿。一作「一天生意見方輿」。

我欲斯仁仁即至，主人此理久相安。兩椽寓舍中堂後，莫作王孫火竈看。

心德由來萬善宗，舉斯加彼即沖融。不須苦向遺編泥，收取平時濟物功。

漢署郎曹寔要津，不移居養幾何人。粹然一點慈祥氣，辦與人間作好春。

嫂趨井坎争援手，牛爲觳觫免釁鐘。天理在人曾間斷，多君操守便從容。

顔子拳拳善服膺，豈徒歸美重名稱。寥寥此意千年後，復禮名家見杜陵。

博愛功多到靖深①，虚懷猶用近爲箴。煩君試閱金華事，何限當機利益心。

【校】

①「靖」，抄本同元刊明補本；薈要本、四庫本作「静」，聲近而誤。

跋燕肅牧羊圖

行飲溪流喜降阿，歸鞭影淡夕陽坡。似將濈濈維千角，辨作宣王考牧歌。

平秩東皋事有餘，荒煙平楚散林墟。牧人例有蘩多慶，蓑底秋江夢衆魚。

題温居士畫像

盛集賓筵每會逢，笑談端有古人風。如公耆舊今能幾，又逐秋江月影空。

太真風彩動并門①，處士流芳寔裔孫。今日坐看磐石上，老成雖遠典刑存。自稱晉温太真之後②。

【校】

①「太」，抄本、四庫本同元刊明補本；薈要本作「友」，形似而誤。按：太真，即温嶠，詳見《晉書》卷六七《温嶠傳》。後依此不悉出校記。「風彩」，抄本同元刊明補本；薈要本、四庫本作「丰采」，亦通。

②「真」，元刊明補本、抄本作「貞」，據薈要本、四庫本改。

題魯人張仲和卿舒嘯亭手卷

蟻穴蜂衙閧事機①，人心無路到清夷。儵然笑煞東皇客，月白風清世不知。

千山秋月照螺臺，兩吻清風萬壑來。吹作半空鸞鳳去，公和元是不凡材②。

【校】

①「閧」，抄本同元刊明補本；薈要本、四庫本作「起」。

②「公和」，抄本同元刊明補本；薈要本、四庫本作「和公」。

己卯清明日雜詩

時巡按南京①

東風吹静鎖窗塵②，落盡桃花别有春。一樹青梅芳色老③，小湖山畔翠娥顰④。

早衙例向中時散，宿酒禁持到日西。步繞芳叢人不見⑤，閑情還與碧雲低。

千門萬户記經行，瓦礫場中問舊名。一片梅花堂上月⑥，照人依舊十分明。

吏散公堂日晌西⑦，暮雲樓閣自高低。呢喃何處飛來燕，似爲巢新快穩棲。

雪妥紅翻點綴春，桃花錦爛柳條新。那知春事都無意，燕子争來强語頻。

我近南來石濟津，暖煙晴日欲烘春。自從入得清明節，連日春陰殢殺人。

【校】

①「時巡按南京」，諸本夾注文字皆誤入詩題；徑改。

②「静」，抄本同元刊明補本；薈要本、四庫本作「浄」，亦可通。後依此不悉出校記。

③「芳色」，元刊明補本、抄本、薈要本闕；據四庫本補。

④「娥」，抄本、薈要本同元刊明補本；四庫本作「蛾」，亦可通。

⑤「人不」，元刊明補本闕；薈要本、四庫本作「春不」；據抄本補。

⑥「梅花堂上」，元刊明補本闕；薈要本、四庫本作「清光春夜」；據抄本補。

⑦「吏」，元刊明補本闕；據抄本、薈要本、四庫本補。「晌」，抄本、薈要本同元刊明補本；四庫本作「向」。

汴梁清明

連日風沙此日晴，東君有意作清明。垂鞭醉入宫城去，一片傷心畫不成。

寒食日過隆德宫

當年陸海駭珍藏，此日繁華墮渺茫。春草不隨人事换，依然分翠入宫牆。

題孫郎中孝友峯

小穿沙嶍到玲瓏①，底事題爲孝友峯。長着紫荆庭樹影，鞠哀天顯表沖容。

【校】

①「嶍」，抄本、薈要本同元刊明補本；四庫本作「磵」，俗用。

館史開府第宅

石欄春静雨留苔①，江漢堂深又獨來。前日平泉門下客，一花一草總興哀。

【校】

①「苔」，抄本同元刊明補本；薈要本、四庫本作「臺」，聲近而誤。

宫牆

一片摧頹當道危，風前竹色想依依。偶逢白髮宫前叟，指顧因渠得禁闈。

王惲全集彙校卷第二十八

七言絶句

故宫遺石

華陽遺宫土花碧，依然萬石如林立。憔悴崩雲偃月姿，留與都人作寒食。

至元十六年蕤賓前二日同賈漢卿遊上方光教寺謁相上人不遇因賈往年留題五詩清新婉麗煩襟爲灑然也亦留詩壁間仍用其韻爲鑑堂一笑①

紺碧亭亭午影凉，同來共坐贊公牀。拖條柱杖誰家去②，借問山僧有底忙。

出處何心燠與涼，適來真是兩繩牀。分司不作埋輪去，虛抱乖崖救火忙。

古寺僧殘草木深，寶香猶足散煩襟。雪窗不到聞猿句，幽鳥還驚恨別心。謂漢卿明日北歸。

萬事無端起六根，蟻旋蜂鬨苦紛紛③。閒來莫厭僧窗話④，瞑坐團蒲到日曛⑤。

花木禪房一徑幽，生平奇勝愛窮搜。入門便得清涼界，信有人間六月秋。

【校】

①「六」，抄本同元刊明補本；薈要本、四庫本作「二」。「人」，元刊明補本作「又」，據抄本、薈要本、四庫本改。

②「柱」，抄本同元刊明補本；薈要本、四庫本作「拄」，亦可通。

③「蜂」，元刊明補本作「蛑」，形似而誤；據抄本、薈要本、四庫本改。「鬨」，薈要本作「鬧」；抄本、四庫本作「鬥」。

④「閒」，元刊明補本作「間」，據抄本、薈要本、四庫本改。

⑤「團蒲」，抄本同元刊明補本；薈要本、四庫本作「蒲團」。

閒閒公至大二年爲慈聖兩宫重修寺碑説寺蓋夷山之地唐令狐楚愛其奇勝曾居於此塔係唐新羅僧智照用海船運新羅琉璃甓所建①

閒人愛作静中忙，細和新詩步繞廊。老衲向人誇水異，一甌春露雨花香。

【校】

①「閒閒」，元刊明補本、弘治本作「間閒」，據薈要本、四庫本改。「至大」，元刊明補本、弘治本作「正大」，據薈要本、四庫本改。「二年」，弘治本、薈要本同元刊明補本；四庫本作「五年」。「甓」，弘治本同元刊明補本；薈要本、四庫本作「璧」，非。「建」，弘治本、薈要本同元刊明補本；四庫本作「建紀之以詩」。

流杯池

九曲彎環碧玉圍①，錦香吹浪下龍池。一觴脩禊宫中舊，正是梨花雪滿枝。

【校】

①「彎」，弘治本同元刊明補本；薈要本、四庫本作「灣」，亦可通。後依此不悉出校記。

太白捫月圖

詩中無敵飲中豪，四海飄瀟一錦袍。千丈醉魂無處着，青山磯上月輪高①。

【校】

①「磯」，元刊明補本、弘治本作「機」，據薈要本、四庫本改。

閆次于秋山圖①

五年官守晉州城，伐石堙山日有程。展放畫圖還憶得，姑山黄葉正經行。

【校】

①「閆」，弘治本、薈要本同元刊明補本；四庫本作「閻」。「于」，弘治本同元刊明補本；薈要本、四庫本作「千」。

李白醉吟圖

長庚風彩月争輝，力士傍無識子儀。白璧莫嗟疑有玷，夜郎風物要新詩。

題蘭廣寧望海寺詩卷後

同年欒用之爲録二詩，贈仁甫縣令。

金到明昌事事新，粹然一氣變斯文。試吟望海樓中詠，轉見飄飄思不羣。

遠懷世契崇明德，遹述先猷極孝心。舉世泯然衰俗裏，兩家風誼見來深。

紫陽觀雜詩和西溪嚴韻

袖裏丹砂照夜紅，市人争識漢壺翁①。南都花木春猶好，長在先生杖屨中。

心安已契長年訣②，道寂能開不二門③。我亦静中存夜氣，此身之外欲何存。

終日沉迷簿領中，乘閒時過紫谿翁④。請師莫作功名看，心似浮雲度太空。

片言理到釋羣疑，不待諸生入管窺。收卻藥籠無箇事，一簾春夢落花知。

坐忘不戴遠遊冠，是是非非了不干。欲識紫陽存養力，一簪玄髮頰浮丹。

絪緼元氣化雖精⑤，起滅漚如一唾輕。爲問壇邊聽經鶴，人生何苦未忘情。

余年齠齔出京師，想像繁華夢覺時。前日石壇揮麈處，故宫真似黍離詩。

昌黎一序了仙翁，六絶西溪意匠雄。從此夜窗虚白滿，滌除玄覽見沖融。

一壺天地市朝間，施藥歸來盡掩關⑥。幽睡不知紅日晚⑦，青山誰似白雲閒。

壤壤槐宫蟻戰空，銅駝陌上幾秋風。一身歸潔何難有，人重清時濟物功。

【校】

①「翁」，弘治本同元刊明補本；薈要本、四庫本作「公」。

②「訣」，弘治本作「詵」；薈要本、四庫本作「説」。

③「道」，弘治本同元刊明補本；薈要本、四庫本作「通」，形似而誤。

④「閒」，元刊明補本、弘治本作「間」，據薈要本、四庫本改。

⑤「絪縕」，弘治本同元刊明補本；薈要本作「絪氲」，亦可通；四庫本作「絪緼」，亦可通。

⑥「盡」，弘治本同元刊明補本；薈要本、四庫本作「静」。

⑦「紅」，元刊明補本作「紝」，據弘治本、薈要本、四庫本改。

宮井七絶

團團鴛甃露盤秋，玉潤砂紅湛碧流。多向内家供頓後，餘甘翻麝入茶甌①。

野粉侵淫暗漆花，玉牀零亂卧泥沙。羸瓶敗繘初無擇，波及都城十萬家。

高梧陰羃掖庭西，清比中泠甘比飴。今日道傍塵穢滿，秋娘憔悴渡江時②。

清時瑶殿引瓶金，百尺還聞墜水音。想得日長宫閣静，玉盤珍果看浮沉。

金屑離離泛曉光，瀛池通氣濕嬰香。六龍不挽清波去，忍給吹脣燕御牀。

事事宫庭到可珍，我因懷古故來頻。一泓雖在當時永③，終似上陽白髮人。

行入空宮重嘆嗟，倚天金碧墮塵沙。景陽留在胭脂井④，似與都人續夢華⑤。後三絶和西溪韻。

【校】

①「廿」，弘治本、薈要本、四庫本作「甘」。

②「渡」，弘治本、四庫本同元刊明補本；薈要本作「度」，亦可通。

③「永」，弘治本、薈要本、四庫本作「水」。

④「胭」，元刊明補本、弘治本作「煙」，據薈要本、四庫本改。按：煙脂，同胭脂、臙脂。胭脂井，即南朝陳景陽宮之景陽井，故址在今南京市。隋兵南下，后主與妃張麗華、孔貴嬪並投此井，卒爲隋人牽出，故又名辱井。井有石欄，呈紅色，好事者附會爲胭脂所染，呼爲胭脂井。《文忠集》卷一八三《記金陵登覽》：「辱井者，三人俱投之井也，在寺之南。甚小而水可汲，意其地良是，而井則可疑。世傳二妃將墜，淚漬石欄，故石脈類臙脂，俗又呼臙脂井。」薩都剌《滿江紅・金陵懷古》：「《玉樹》歌殘秋露冷，胭脂井壞寒螿泣。」文獻中未見有作「煙脂井」者，姑改之。

⑤「續」，弘治本同元刊明補本；薈要本、四庫本作「入」。

武元直雪霽早行圖　謝宣慰

亂峯疊巘玉崚嶒，危棧何人趁早行。似我姑山新道就，神居東崦聽雞聲。予官平時①，開姑山道。甫成，夜雪大作，明試車下②，故云「神居」。

雪擁天山六月寒，冷雲西北是長安。行人馬上揚鞭喜，猶勝南荒作熱官。

【校】

①「平」，弘治本同元刊明補本；薈要本、四庫本作「平陽」。

②「明」，弘治本同元刊明補本，薈要本、四庫本脱。

侯敬甫四題同西溪賦

昊天報德詩人感，號慕終身大舜心。舉世靡然衰俗裏，一家追遠見來深。永思亭①

怡怡和氣滿春臺，天顯曾忘鞠子哀。説似升堂興起客，功夫元自孝思來。友于堂

德積于身報自豊，君家培植見深功。友于堂下看珠樹②，漸與三槐氣象同。種德堂

紛紛萬變一心微，止水能澄見是非。客去妙觀尤有得，滿簾春日静朝暉。清心堂③

【校】

①「永思亭」，元刊明補本、弘治本闕；據薈要本、四庫本補。

②「珠」，元刊明補本、弘治本作「株」，據薈要本、四庫本改。

③「心」，弘治本、四庫本同元刊明補本；薈要本脱。

跋唐中王畫馬圖

内府曾觀鐵筆驄，又於此紙得真龍。卻疑決電奔虹異，不到少陵題品中。

題劉平妻胡氏殺虎圖

獸猛其如義烈何，揮刀峻絶魯陽戈。哀哀哭絶東山婦，恨入秋空淚謾多。

重陽前三日仝大孥長畢茂先酌七賢祠下①

滿眼青山落帽風，七賢祠下一樽同。雲煙顧盼來能幾，白髮相看總老翁。

【校】

①「大」，弘治本同元刊明補本；薈要本、四庫本作「文」。「孥」，弘治本、薈要本、四庫本作「季」。

蓮社圖

莫怪淵明從遠公，鬢絲禪榻偶相同。談空説有知多少，都在龍眠意匠中。

二教玄風盛永嘉，後來諸子更紛拏。淵明興在東籬菊，獨泛秋香亦自佳。

一誕相誇陷洛郊，流傳江左到滔滔。杖藜首見淵明去①，畫裏龍眠意最高。

【校】

①「去」，元刊明補本闕；薈要本、四庫本「傲」；據抄本補。

贈唐縣李縣尹

按部次堯封，教官石雲卿來訪，因話縣東有前鄞尹李君，年六十四，雖武人，性憙學①。己卯夏，自浙東歸，載羣書滿家，將遺之子孫以酬夙志。吁！可尚也。余聞之，喜而不寐。明日元旦，躍馬來觀，出經、史、子、集及未見書七鉅箱，凡千有餘帙②。富覽間，偶得是詩以贈。所謂「十室之邑，必有忠信者」③，李君其人歟④？君諱忠⑤，字彦德，縣人⑥，爲蔡國公將。

兀坐山城薄領餘，偶尋春色過林墟。幾人癡了公家事⑦，來向王充閱異書。

田間炬草照西東，止是農家卜歲豐⑧。不爲兩椽茆屋底⑨，白頭還得愛書翁。唐之農家元旦然束草於田間⑩，視其所偃以卜秋成⑪。

【校】

①「憙」，抄本同元刊明補本；薈要本、四庫本作「喜」，亦通。

②「帙」，元刊明補本闕；據抄本、薈要本、四庫本補。

③「所」，元刊明補本闕；薈要本、四庫本作「傳」；據抄本補。

④「其人歟」，元刊明補本作「人」，薈要本、四庫本作「其人也」；據抄本補。

⑤「李諱志」，元刊明補本作「□諱忠」；薈要本、四庫本作「君諱忠」；據抄本補。

⑥「縣人」，抄本、四庫本同元刊明補本；薈要本脱。

⑦「兀坐山城薄領餘，偶尋春色過林墟。幾人癡了公家事」，薈要本同元刊明補本作「□□□□□□□，□□□□□□□。□□□□□□事」；四庫本闕；據抄本補。

⑧「止」，抄本同元刊明補本；薈要本、四庫本作「正」。「卜」，元刊明補本作「十」，形似而誤；薈要本、四庫本作「一」，非；據抄本改。

⑨「爲」，抄本同元刊明補本；薈要本、四庫本作「謂」。「椽」，元刊明補本、抄本作「掾」，據薈要本、四庫本改。

⑩「元旦然束草於」，弘治本同元刊明補本；薈要本、四庫本作「然束草於刈穫」。

⑪「秋成」，弘治本同元刊明補本；薈要本作「秋成于元旦日」；四庫本作「秋成元旦日」。

庚辰歲唐縣元日

堯封今歲遇新年，欲訪遺風已渺然。願效老人三獻祝，至元天子壽如天。

吾皇仁聖邁唐虞，寬大恩頒歲首書。正擬乘風開濁浪，忽隨疏網漏凡魚。

宣和珍禽圖

紫煙阿閣鳳連巢，瑶圃飛翔下絳霄。踏散木犀花上露，翠襟丹喙不勝嬌。

和唐邑教官石雲卿見贈詩韻

自笑鉛刀效至剛，夢中揮箠走羣狼。東皇若假春風便，放使諸山草木香。己卯除夜次唐邑，夢登一城，有數狼前行，以尺箠揮之，皆四散而走①。又見一豹無首前竄。

【校】

①「皆」，抄本同元刊明補本；薈要本、四庫本脱。「而」，抄本同元刊明補本；薈要本、四庫本作「避」。

完州道中

使符按部喜同分，首自行唐入保垠。誰着分司王老子，杏花香裏過今春。是年同出巡按官韓君美，梁、韓二簽事，大使王西溪。

過蔡國公第宅

南衙路斷歸時貴，東第堂空設繐帷①。鉅室顯知神鬼瞰，一簞顔巷未爲悲。

【校】

①「帷」，元刊明補本、抄本作「惟」，亦可通；據薈要本、四庫本改。按：惟，通帷。作「惟」者，蓋「帷」之形誤。

庚辰歲人日前一日書夢中所見

碧樹翻香滿洞春，一聲長笛隔花聞。似嫌燕語鶯吟碎，暖噴宮音遏夢雲。

題木蘭廟

廟榜曰「孝烈將軍」①，在今完州城東北隅。至元庚辰正月十日來謁，土人稱昔木蘭戰此得功，故廟有熙寧間知軍事河南錢景初題記并所刻樂府古辭。春風奏凱入明光，不願曹郎歸故鄉。今日西山見遺廟，蕙蘭根異死猶香。迷離撲握雜雌雄②，萬里持戈此建功。因見漢家征戍重，盡興閭左尚秦風。

【校】

①「榜」，抄本同元刊明補本；薈要本、四庫本作「牓」，亦通。後依此不悉出校記。

②「撲握」，抄本作「襆握」；薈要本、四庫本作「撲朔」。

登完州城樓

州是古北平又曰永平即漢曲逆縣地故城在今州東廿五里即高祖云余行天下見户口夥繁獨此縣與洛陽爾故城西南有大垠土俗相傳謂陳平墓土人稱墓曰垠

漢家山東二百州，當時繁夥此爲尤。朝來指顧城樓上，斜日荒煙草樹稠。

望郎山有懷郝陵川①

太行鼇掀東入海，鼓鬛高撐霄漢間。一自詩仙黄壤隔，風雲空鎖碧峯間。

【校】

①「川」，弘治本同元刊明補本；薈要本、四庫本作「州」，形似而誤。

張九元帥哀辭 并序

不肖與公既昧平生，哀誄有述，似涉無從。然聞公幼敦詩禮①，長識風雲；雄略英姿，爲時名將。始徇江淮，厥績已著；及平二王，雋功獨高。壽年未遐，天遽奪去。故作是詩，于以爲國哀而寓天下之所共惜也。辭曰：

瘴海波澄戰血紅，歸朝無幾病籠東。異時惇史論書法，當與將軍死事同。

盛説將軍禮度寬，訃聞中外不勝酸。可能秋月臺前沼②，便作悲風易水寒。

英姿颯爽戰酣來，夢裏神交一噱開。弓劍永隨秋草没，春風吹恨上金臺。

一曲鐃歌變八哀，扶桑宿霧若爲開。我雖不識將軍面，苦聽鼙聲惜將材。

蔡國高勳上將壇，九郎又領俊功還。遽教零落蛟龍匣，千丈神光失斗間。

曲中有誤時爲顧，特見巴丘藴藉姿。不似九郎横槊裏，笑驅風月入新詩。

堂堂萬里常山陣，首尾横穿海道空。凌屋未圖元帥像，樂歌先奏二王功。

前日長歌入漢關，今年埋恨九重泉③。應憐一段江山秀，再到人間又幾年。

劍騎前頭揭認旗，風飄笳鼓入雲悲。眼中部曲渾依舊，不似樓船入海時。

標柱紀功超漢將，臨江觀陣惜奇材。更憐一片金陵月，冷送哀聲萬里來。

風吹大樹日瀟瀟，雄略無由覩嫖姚。暴骨莽如天似悟④，不容勳伐蓋東遼。

風翻素縵天爲慘，柳拂朱旗露易乾。雞水不供門客淚，郎山空倚戟友寒⑤。

水邊臺榭月邊樓，虎逝彪亡共一丘。羽扇冷隨秋月暗，銘旗高颺竹煙愁。

【校】

①「敦」，弘治本同元刊明補本；薈要本、四庫本作「登」。

②「沼」，弘治本作「詔」，非；薈要本、四庫本作「照」，非。

③「恨」，元刊明補本、弘治本作「垠」，據薈要本、四庫本改。

④「悟」，弘治本同元刊明補本；薈要本、四庫本作「暗」。

⑤「友」，弘治本同元刊明補本；薈要本、四庫本作「衣」。

保下春夜

金臺池館錦㘭圍，煙柳風荷蕩碧漪。景物縱疏猶可愛，畫船春水放燈時。

諺語新年百草靈，燕遺禳禬門多能①。就中兩地風光盛，東府風鳶保下燈。

【校】

①「禬」，弘治本、四庫本同元刊明補本；薈要本作「檜」，形似而誤。

題抱陽山張燕公讀書堂　在完州東北廿里

富貴功名恐等閑，丈夫臨事節爲難。挺然不附奸臣請，似覺功夫出此山①。

書龕高倚抱陽雲，萬壑天葩發異芬。莫訝相君潛伏久，東封西祀要鴻文。

凌閣勳名焕日星，豹藏於此貯精英。江山萬古風雲筆，未覺前賢畏後生。

【校】

①「此」，弘治本同元刊明補本；薈要本、四庫本作「北」，形似而誤。

贈孤月老

明月靈臺到炯如，清光元比衆星殊①。豈知影落千山底，以德看來本不孤②。

攜筇偶入贊公房，照眼驪珠夜有光。臨水起亭他日事，爲渠題作墨君堂。爲觀蘇、黄二公手簡真迹者數幅③。

【校】

①「比」，抄本同元刊明補本；薈要本、四庫本作「叱」。

②「本」，抄本同元刊明補本；薈要本、四庫本作「永」。

③「爲」，抄本同元刊明補本；薈要本、四庫本作「謂」。

祝香保定文廟

泮宫絃誦育多才，視作尋常事可哀。羣吏近需誾侃色，正緣文廟講書來。

遊張將軍山林

至元十七年二月朔，同苟嘉甫、尚文蔚遊保城東張將軍山林，置酒松臺，因話郝奉使朱家洲事①。

亭圮臺傾老樹欹，夕陽淡淡鳥飛遲。一樽細話朱洲事，天道幽冥未易知。

【校】

①「洲」，抄本同元刊明補本；薈要本、四庫本作「州」，下同。

跋雪谷早行圖

壺口山深石徑開，六花一夕浥浮埃。披圖憶得經行事，夜半盤車下嶺來。

題武遂朱君挽章後 諱和字信之①

簿領微勞到贊襄，改圖真見此心良②。更將一片西湖水，波及奎郎見不亡。吏業出身。子公奎，字君璋。

【校】

①「諱和字信之」，諸本夾注文字皆誤入詩題；徑改。

②「改」，弘治本同元刊明補本；薈要本、四庫本作「政」。

新安道中

長陂極目麥青青，總是當年雁鶩汀。二十四橋春水外，野人指示望鵝亭。

官舍即事

酴醾點雪柳垂絲①，簾映虛庭淑景移。八尺風漪紫藤滑，清和天氣未暄時。

【校】

①「點」，弘治本同元刊明補本；薈要本、四庫本作「燕」。

題節婦盧氏銘後

節婦墳臺博陸南，九原不化是貞心①。儼然一片松陰石，只與西山共古今。

【校】

①「貞」，弘治本同元刊明補本；薈要本、四庫本作「真」，形似而誤。後依此不悉出校記。

祁陽道中

鶯啼花落已無春，四月田家更可人。雨後老農催種早①，風前紅袖採桑頻。

行人不爲送春忙，一雨千林草木香。馬上緑陰三百里，直看春種到祁陽。

一春勸課歷郊墟，路入祁陽氣轉愉。夾道錦韉州太守，隔林紅袖趙羅敷。

【校】

①「早」，弘治本同元刊明補本；薈要本、四庫本作「穀」。

題孝感聖姑廟壁

分司巡歷滯農官①，來禱靈壇爲歲寒。一炷寶煙神意暢，祥飆吹下鳳雲冠。

仙去清溪事渺茫，女功留在故園桑②。春風蘋滿汀洲緑③，吹作凌波步襪香。

卒歲誰能不製衣，爲蠶來禱聖姑祠。何當雲葉翻香雨④，潤入柔桑緑滿枝⑤。

【校】

①「滯」，元刊明補本、弘治本作「帶」，俗用；據薈要本、四庫本改。

②「功」，弘治本同元刊明補本；薈要本、四庫本作「工」，亦可通。

③「洲」，弘治本同元刊明補本；薈要本、四庫本作「州」，亦可通。

④「香雨」，弘治本同元刊明補本；薈要本作「看□」；四庫本作「看處」。

⑤「潤入柔桑緑滿枝」，弘治本同元刊明補本；薈要本作「門外山桑緑滿枝」；四庫本作「□□□□□滿枝」。

題董左丞墳林

大樹瀟瀟緑滿林，蒼煙埋沒石麟深。兔葵難道無情物，猶學將軍捧日心。

南海揚旍開百越，北風漏網有奔鯢。多應奪去忽忽嘆，斜日宮中聽鼓鼙。

董相墳林南董里，九門東下稾城西。千年孝繼忠傳業，萬字豐碑看御題。

明皇私語圖

人老逢秋百感催，夜深私語自爲媒。秖知海嶽情緣在，不道生離有馬嵬。

盈盈一水隔雙星，不似行雲侍錦帡。歡樂幾時憂思集，碧梧秋雨待君聽。

秋滿驪山有所思，海棠紅盛鬢華滋。細思夜半銀屏語，總是三郎嫵媚辭①。

【校】

①「嫵」，抄本、薈要本同元刊明補本；四庫本作「嫌」。

戲題階前玉簪

露影幽香濕畫簾，美人睡起未全忺①。只疑冷墜搔頭玉，月暗雲階欲誤拈。

【校】

①「忺」，抄本、四庫本同元刊明補本；薈要本作「掀」，非。

題郭都水若思祖行實卷後公善推步算數隱德君子也　邢臺①

天元章會到玄機，星曆推來一理齊。襄國至今傳異事，門前鶩水亦曾西②。

龍崗拱木秋風老，燕處猶懷隱德尊。皇極不埋身後數③，青雲今見起家孫。

【校】

①「邢臺」，抄本、四庫本同元刊明補本；薈要本脱。

②「鴛」，抄本同元刊明補本；薈要本、四庫本作「鵷」。

③「皇」，元刊明補本、抄本作「黄」，據薈要本、四庫本改。「埋」，抄本同元刊明補本；薈要本、四庫本作「窮」。

鎮陽新居

行馬門施擁豹幢，德威端稱使君堂。不應花影潭心月，昨夜分光照客牀。一作「緑水堂前月」。緑水，海子園堂名。

嵇侍中祠　在湯陰縣西門外二里

八王雲擾亂中華，義士何辜掩戰沙。懷惠懦庸猶晉祚，争教移鼎入牛家。

侍中精爽有無間，霜葉猶疑血點殷。一節見危能授命，陸機回視恐慚顔。

沙河道中

昨夜清霜比雪寒，彫殘羣木柳宜先①。朝來信馬沙河道，一一風前翠影圓。

【校】

①「彫」，抄本同元刊明補本；薈要本、四庫本作「凋」，亦可通。

西門豹祠

在豐樂鎮東南一里①

古人辦事笑談中，長愛西門禁暴功②。邂逅馬遷稱善史，不應排比滑稽雄③。

【校】

①「東」，抄本、薈要本同元刊明補本；四庫本作「東」，形似而誤。

②「長」，抄本同元刊明補本；薈要本、四庫本作「常」。

③「嵇」，抄本同元刊明補本；薈要本、四庫本作「稽」，亦可通。後依此不悉出校記。

光武廟

在柏鄉城北十八里寰宇記云其地名壇亭乃帝即位之地也

雲臺袍鎧鳳花紅①，一體君臣祭祀同。前日洛都城下路②，荒煙無地認南宮③。

推策文淵上將功④，雲臺英烈儘争雄。可能秖爲椒房故⑤，不在龍姿婉孌中⑥。

【校】

①「雲臺」，薈要本同元刊明補本作「□室」；據抄本、四庫本改。

②「下」，抄本同元刊明補本；薈要本闕；四庫本作「外」。「路」，元刊明補本、薈要本闕；四庫本作「望」；據抄本補。

③「荒」，元刊明補本、薈要本闕；四庫本作「野」；據抄本補。

④「推策」，元刊明補本、薈要本闕；四庫本作「銅柱」；據抄本補。

⑤「房故」，元刊明補本、薈要本闕；四庫本作「房戚」；據抄本補。

⑥「婉孌」，抄本同元刊明補本；薈要本作「姚□」；四庫本作「姚耿」。

滏陽道中

纍纍遺塚覆圜瓴，半是高齊與魏陵。千古是非仝一盡，纂攘終爲路人憎。

王化呂仙翁祠①

黍甑猶炊一枕回②，繁華能幾暗興哀。仙翁祠下無窮客，不道都從夢裏來。

【校】

①「王化」，抄本、薈要本同元刊明補本；四庫本作「邯鄲」。

②「黍甑」，元刊明補本闕；薈要本、四庫本作「邸飯」；據抄本補。

題杜郎中二子字説卷後

燕客儀容雲表鳳，紹宗英秀掌中珠。故家正有新詩句，不到徐卿第二雛。

于公慎獄起高門，積德而昌見後昆。正似紫峯遺澤遠，青衫還有讀書孫①。

【校】

①「還」，抄本同元刊明補本；薈要本、四庫本作「遠」，涉上而誤。

題劉大用畫草蟲手卷①

蠕動翾飛自一天②，眼中風露發清寒。筆端正有坡仙樂，莫作宣和藝本看。

東坡墨戲出新意，八詠復見河陽劉。夢到草堂風露底③，碧花籬落侯蟲秋。

格物先須論致知，古人圖史發幽奇。多君夢到周南國④，繪出豳風六月詩⑤。

【校】

①「題劉大用畫草蟲手卷」，抄本、四庫本同元刊明補本；薈要本是詩第三首脱。

②「蠕」，元刊明補本闕；薈要本、四庫本作「蠢」；據抄本補。

③「底」，元刊明補本闕；薈要本、四庫本作「裹」；據抄本補。

④「國」，元刊明補本、抄本闕；據四庫本補。

⑤「繪」，元刊明補本、抄本闕；據四庫本補。「豳」，元刊明補本作「幽」，形似而誤；據抄本、四庫本改。「風六月詩」，元刊明補本闕；四庫本作「風七月詩」；據抄本補。

公堂即事①

心胷澄恰略無私②，蟻聚蜂喧任一時。正要至誠相推與③，不須臨事涉多疑。

【校】

①「公堂即事」，元刊明補本、四庫本是詩皆闕詩題；薈要本亦闕是詩；據抄本補。

②「心胷」，元刊明補本闕；四庫本作「清風」；據抄本補。「恰」，抄本、四庫本作「治」。

③「推與」，元刊明補本、抄本闕；據四庫本補。

宣和寶石圖　凡十六葉①

浮雲萬態焕金書②，染出湖光照坐隅。不道漢家規制久③，泰山磐石是基圖。

【校】

①「凡十六葉」，抄本同元刊明補本；薈要本、四庫本脱。

②「浮」，元刊明補本、、薈要本闕；四庫本作「煙」，據抄本補。

③「遠」，元刊明補本、薈要本闕；四庫本作「久」；據抄本補。

岳廟謝雪偶題 至元十六年十二月廿四日也①

岧嶢觚爵動雲霞，慘淡陰靈黑帝家。恒岳所臨風雨好，不須飛石示雄誇。

野老題詩語最工，表余精禱與神通。爐煙散處雲生野，祝板宣時雪滿空②。

【校】

①「日也」，抄本同元刊明補本；薈要本、四庫本脱。

②「宣」，抄本、薈要本同元刊明補本；四庫本作「喧」，亦可通。

偶得二絶寄府尹史子華

離離殘雪點山郊，麥壟埋深不見苗。春在草根泉脈底，淡黄先到緑楊梢。

人説中山有父風，久從眉宇得沖融。燈前近閲虞芮案，轉見公明簿領中。謂牧羊地議劄等事①。

【校】

①「地」，抄本同元刊明補本；薈要本、四庫本作「北」。

曲陽道中

軟紅沙路柳條風，雪擁陽坡見晛融①。細繞嘉山三面過，唐河東北望堯封。

【校】

①「坡」，抄本同元刊明補本；薈要本、四庫本作「陂」，亦可通。「晛」，抄本作「睍」；薈要本、四庫本作「煦」。

癸未年二月九日雪

東皇且莫認來真，開折花封占好春①。一夜雪花深數寸，肯教桃李露精神。

幾日輕陰雨氣氳，凍殘花柳望春温。不知一夜豐隆意，散作銀沙藥麥根②。

去冬寒沍過常年③，節近春分尚凛然。驀地雲開風日好，暖於南國賣餳天。

【校】

①「折」，抄本、薈要本、四庫本作「拆」，非。

②「沙」，抄本同元刊明補本；薈要本、四庫本作「花」。

③「去」，元刊明補本闕；據抄本、薈要本、四庫本補。

大都即事

一資半級到銖分，往往超遷越等倫。除日豈徒傷道念①，饑寒常有幾千人。

薪如束桂米量珠，二月中旬凍未蘇。笑殺九遷金馬客，半年僵卧聽除書。

創行敢效木求魚，例進難於上坂車。會取一陽潛九地，春來葭琯氣舒徐②。

【校】

①「日」，元刊明補本、抄本作「目」，據薈要本、四庫本改。

②「琯」，抄本同元刊明補本；薈要本、四庫本作「管」，亦可通。

燕都萬壽宫有梅一株每歲移置蔭中逮春仲方發藏今年得花滿枝雖冰姿的皪香色髣髴終强顔也戲題二絶以自況云①

仙家有術解藏春，蠟蔕雖融凍尚皺。若比百門山下見，强顔還似聽除人。

冰姿難倚暖回根，人力封培氣始伸。蓓蕾看來雖勉强，一枝猶冠漢宫春。時進獻東宫②。

【校】

①「蔭」，抄本、薈要本同元刊明補本；四庫本作「窨」，非。「髣髴」，抄本同元刊明補本；薈要本、四庫本作「彷彿」，亦可通。後依此不悉出校記。「云」，元刊明補本作「六」，形似而誤；薈要本、四庫本脱；據抄本改。

②「時進獻東宫」，抄本同元刊明補本；薈要本、四庫本脱。

即事

無着必須循體例，有依便指是人材。區區桃李栽培手，恐負東風一例開。

朝鐘暮鼓惜蹉跎，有例臺除半歲過。不是馬周無伎倆，翻來覆去幾常何。

都尉王晉卿畫着色山齋圖

坡仙寶墨妙通神，都尉丹青要儗倫。欲識淡粧濃抹意，髻鬟渾似鏡中人。

半生翠繞與珠圍，不爲槐根夢已非。老去紛華心自得，筆端時到野人扉。

惠崇蘆雁圖

雪灘風竹映寒溏①，水宿雲飛未易雙。不似鴛鴦沙渚暖，翠紅相倚睡春江。

【校】

①「溏」，抄本同元刊明補本；薈要本、四庫本作「塘」，亦可通。按：《秋澗集》薈要本、四庫本多有易「溏」爲「塘」者。後依此不悉出校記。

小桃

小桃開徹淡煙脂①，不出初春未半時。二月朔風吹石裂，依然憔悴簇枯枝。

梅粉飄零柳未煙，一枝春色獨當軒。今年盼得紅苞拆，風雪禁持第幾番。

清明節近無旬日，桃蕾含芳又幾朝。今日簷前看春色，一枝纔見褪紅椒。

【校】

①「徹」，抄本、薈要本同元刊明補本；四庫本作「拆」。

題日者詩卷

侯鯖熊掌味能甜，舉世看來意欲兼。不似君平安素履，一爐香燼静垂簾。

蔡琰歸漢圖

明妃光寵照龍沙，枉説琵琶憶漢家。去住兩難心最苦，就中哀怨是胡笳。

和劉仲脩見示十一首①

今歲餘寒過往年，東風無奈雪花顛。幾時不禁燕臺酒，蹴踏陽春醉十千。

野鶴昂藏本不羣，剛同秋隼下翔雲。近年轉覺謀生拙，半仰公田半賣文。

舊城行出入新都，驛劄堅求硬聽除②。馬上相逢還自笑，背行今見兩茅廬。

落落吾鬆愛老成③，氣清羞作囁嚅生④。柏臺陰合用行處⑤，多少開花不識名。

慣列朝班不厭紛⑥，久疏鴛鷺入行分⑦。迫年借就袍和笏⑧，喜向龍墀拜聖君。

滿紙新詩説遠遷，淮西依例住三年。若從清議先才智⑨，恐不多時又着鞭。

先聲光動弩臺春，入手行司又一新。長記髯兄相眄睞⑩，一官同作兩淮人。

豸角霜稜兩劍寒⑪，瘴煙都上筆頭乾。十年搏擊秋風裏，蜀棧盤空不覺難。

月旦評中見壯圖，不應齊魯總真儒。别來又嚼冰霜句⑫，健筆鋒銛似董狐。

雪屋燈青語夜闌⑬，一杯長記浣離顏。朔風半夜驅車去，詩在寒雲石嶺關。

東風剪剪送春寒，望望田家惜雨乾。無事在家貧亦好，有心行道古來難。

【校】

①「脩」，抄本、薈要本、四庫本作「修」。「十一」，元刊明補本作「十」，脱；據抄本、薈要本、四庫本改。

②「硬」，弘治本同元刊明補本；薈要本、四庫本作「更」，俗用。

③「落落吾鬆愛老成」，薈要本同元刊明補本作「□□□□□老成」；四庫本闕。

④「氣清羞作囁嚅生」，元刊明補本作「□□□□□□生」；薈要本、四庫本闕；據抄本補。

⑤「柏臺陰合用行處」，元刊明補本作「□臺□□□□□」；薈要本、四庫本闕。據抄本補。

⑥「慣」，元刊明補本闕；薈要本、四庫本作「侍」；據抄本補。

⑦「鴛」，抄本同元刊明補本；薈要本、四庫本作「鵷」，亦通。後依此不悉出校記。

⑧「迫」，抄本同元刊明補本；薈要本、四庫本作「今」。「袍」，元刊明補本作「抱」；據抄本、薈要本、四庫本改，形似而誤。「和」，元刊明補本闕；薈要本、四庫本作「簪」；據抄本補。

⑨「智」，元刊明補本闕；據抄本、薈要本、四庫本補。

⑩「相」，抄本同元刊明補本；薈要本、四庫本作「先」，聲近而誤。「眄」，抄本、薈要本同元刊明補本；四庫本作「盼」，亦通。

⑪「豸」，元刊明補本闕；薈要本、四庫本作「畫」；據抄本補。

⑫「句」，元刊明補本闕；薈要本、四庫本作「久」；據抄本補。

⑬「雪」，元刊明補本、弘治本闕；薈要本、四庫本作「茆」；據抄本補。

虎豹九關圖

九重關鍵錦斑圍，蟣蝨微言詎可知。首闢四門明四目，定書深意見宣尼。

春夜獨坐

閃閃寒釭照夜昏，眼中時事不容論。近來鼠輩欺人甚①，踏碎承塵似馬奔。
今旬寒冷似深冬②，曉日空燒海色紅。一樹杏花春不管③，伴人憔悴倚東風。
梁園節序不相饒，正月初旬凍盡消。長記東牆微雨後，一枝紅豔杏花嬌。
風物淒涼近禁煙，敵寒無酒客衣穿。楊花總道多才思，撲亂春衫不當綿。

細草根深緑自叢，山桃含凍尚能紅。垂楊可是寒欺得，半爲刳中半蠹蟲。

【校】

①「甚」，元刊明補本闕；薈要本、四庫本作「慣」；據抄本補。

②「今旬」，元刊明補本、薈要本闕；四庫本作「夜來」；據抄本補。

③「杏花春不管」，元刊明補本、薈要本闕；四庫本作「梅花春院静」；據抄本補。

鞭石圖

洋海求仙已渺茫，又鞭羣石駕飛梁。帝功不出仁和聖，罔念元來便作狂。

檀州門外觀隰河春水

西山諸水頗奫淪，合入渾河不自存。昨見春冰纔泮處，滿川都作濁流奔①。

【校】

①「濁」，抄本同元刊明補本；薈要本、四庫本作「渴」，形似而誤。

二月廿八日端門街觀乘輿還宮

龍煙日暖紫氤氲，春水回鑾萬馬奔。纓杖遠揮清蹕後，漢儀光動御天門。

麗日紅翻御路沙，青山回抱漢宮斜。吾皇遊豫諸侯度，縱使都人看翠華。看一作「望」。①

年年原廟薦駕鵝，春水秋山例一過。安得捄時姚右相②，爲君三面説湯羅③。

虎賁前導鸞旂遠，玉輦高承象駕雄。賜異不矜周淵獸，獵賢思得渭濱熊④。

【校】

①「看翠華看一作望」，抄本同元刊明補本；薈要本、四庫本作「看一作望翠華」。

②「相」，元刊明補本闕；據抄本、薈要本、四庫本補。

③「君三面」，元刊明補本闕；薈要本、四庫本作「開三面」；據抄本補。

④「虎賁前導鸞旂遠，玉輦高承象駕雄。賜異不矜周淵獸，獵賢思得渭濱熊」，薈要本同元刊明補本作「□□□導鸞旂遠，玉輦高□象駕雄。賜異□□□□□，□賢思得□□□」；四庫本作「□□□導鸞旂遠，玉輦高□象駕雄。賜異□□□□□，□□□□□□□」。據抄本補。

鎮國寺觀迎佛

九曜趨降世聖尊，象車香滿綺羅塵。人傳此技中宫製①，上下雙輪轉十人。

【校】

①「技」，抄本同元刊明補本；薈要本、四庫本作「伎」，亦通。後依此不悉出校記。

漢成帝幸張禹第宅圖

王氏當朝久惡譁，幸回天鑑絶萌芽。恬然不主天人斷，長恨安昌負漢家。孔子曰：「政事惡譁而善肅。」出李石《博物志》。

與叔謙太常論書

翩翩每愛太常書，姿態還同静女姝。儘是淡粧宫閣様，豈知東抹與西塗。

相過閒話味何長，字字顔書入品量。握手正當吾意處，畫須圓勁體須方。

近年書學果誰優，説道寥休有悟頭。意態偶從駈字得，千金駿馬倚山丘。

一段殘槍路偶逢，開鑪便作鏌鎁工。君看王趙凌雲氣①，來自浯溪慘淡中。

鵬雲九萬平原筆，墨望蘇黄甘下風②。誰爲南唐金剪手，敢將田舍比顔公。

篆隸中追三代古，風雲重策二王功。遺山不見裴旻帖③，枉着雲臺詫米雄。

雲蛟家廟駭盤拏，著作姿容隱畫沙。後世若從書法論，混淪磅礴是承家。

將軍愾敵鋭於虎，舍豈能爲必勝哉。今日遺碑見雄筆④，英姿颯爽漢雲臺。

天山飛將指裴旻，書到吾顔迥不羣。不爲策勳□□陳，至今冠劍氣凌雲。

朝紱卑高倒屨冠⑤，寓書還等義方彈。一緘遺草縈世蚓⑥，千古狐狸照膽寒。

檢校秋官禄食豔，顔宗收養半煢鰥。當時米秉無多惡，李相因書重泰山。

小楷東方出右軍，丹青難寫是精神。孔門弟子多才藝，有若唯能肖聖人。

次山歌頌漢文章，書到磨崖日並光。具眼鹿菴曾有語，筆間元氣總三蒼。

蘇兔截耳殷枯節⑦，詈賊天津是大兄⑧。斷壁幾行移□帖，九泉相值死猶生。

【校】

①「氣」，弘治本闕，薈要本、四庫本作「體」。

②「墨」，元刊明補本、弘治本作「望」，涉下而誤；據薈要本、四庫本改。

③「裴」，弘治本、薈要本同元刊明補本；四庫本作「斐」。

④「雄」，元刊明補本、弘治本闕；據薈要本、四庫本補。

⑤「敍」，弘治本同元刊明補本；薈要本、四庫本作「序」，亦可通。後依此不悉出校記。

⑥「縈世蚓」，弘治本作「□□蚓」；薈要本、四庫本作「如蚯蚓」。

⑦「枯」，弘治本、薈要本、四庫本作「姑」。「節」，弘治本、四庫本同元刊明補本；薈要本作「郎」。

⑧「大」，薈要本、四庫本同元刊明補本；弘治本作「夫」。

雜詩

野人家具取宫中，適用都輸瓦缶功。君是荆巖瑚璉璞，得來纔待費磨礲。

較量暮四與朝三，初不多争讓愧慚。戀戀不成丹闕夢，劍南才了又湖南。

夢歸故國蒼茫外，春老風沙慘淡中。辛苦西臺臺下柏，不成還作柳花空。

昨日清明塵障面，今朝上巳卻晴明。老天氣候初無定，敢倚虚名作實行。

人家構室要帡幪①，小木枝撐易作功②。汝是連雲棟隆物，得來才費梓人工。

【校】

①「構」，弘治本、四庫本同元刊明補本；薈要本作「搆」，亦可通。後依此不悉出校記。

②「枝」，弘治本同元刊明補本；薈要本、四庫本作「支」，亦通。

萬壽宫芙蓉杏花

三粘瓊島露華穠①，迸出高枝見化工②。不着上林春色底，粉香吹滿步虚空③。

滿意春寒强自妍，一枝無葉更瀟然④。莫誇百葉玲瓏巧，輸與垂楊護暖煙⑤。

活色生香貯好春，横斜燈影似梅君。多情唯有東牆宋，夜夜幽窗夢彩雲。

鬧簇生紅滿故枝，今朝看處雪離披。一春幾日風光好，素影幽香只自知。

【校】

①「島」，元刊明補本作「緑」，非；弘治本闕；據薈要本、四庫本改。「穠」，弘治本同元刊明補本；薈要本、四庫本作「醲」。

②「迸」，元刊明補本、弘治本闕；據薈要本、四庫本補。

③「空」，元刊明補本、弘治本闕；據薈要本、四庫本補。

④「一」，元刊明補本、弘治本闕；據薈要本、四庫本補。

⑤「暖」，弘治本同元刊明補本；薈要本、四庫本作「斷」。

徽宗畫周靈臺圖①

靈沼臺高倚碧霄，當時魚鳥被恩饒。可能積德千年久，盛世看來僅四朝。

徽廟初年布政優，丹青揮灑想西周。其如逞慾横流後②，花石綱船塹九州。

【校】

①「徽宗畫周靈臺圖」，四庫本、弘治本同元刊明補本；薈要本置於本卷「題劉大用畫草蟲手卷」後。

②「如逞」，元刊明補本、弘治本闕；據薈要本、四庫本補。

王惲全集彙校卷第二十九

七言絶句

題武元直畫巢雲曙雪圖

千丈雲巢曙雪寒，清談誰似二公閒。京師三到凡三見，夢繞煙林紫翠間①。

【校】

①「繞」，抄本同元刊明補本；薈要本作「達」，形似而誤；四庫本作「遶」，亦可通。按：繞、遶，多可通。作「達」者，蓋亦爲「遶」之形誤。

蒼雪亭 爲劉參政賦①

將軍城市有山林②，亭下雙松鎖翠陰。一夜雪花來點綴，蒼蒼特表歲寒心。

蒼雪詩成玉局翁，左山題扁取清雄。翛然坐對橫枝處，不到東華踏軟紅，

【校】

①「爲劉參政賦」，諸本夾注文字皆誤入詩題；徑改。

②「城」，抄本同元刊明補本；薈要本、四庫本作「塵」。

過賈左輔墳林

雲陣横陳賈氏林，蒼煙埋沒石麟深。堂堂地下開天業，只聽黄鸝送好音。

桃花鸂鶒圖①

桃花鸂鶒滿春江，睡暖晴沙夢亦香。何處秋風南去雁，斷雲寒影不成行。

【校】

①「鶒」，元刊明補本、抄本作「鵡」；薈要本作「鵡」；據四庫本改。

答楊元甫問

勁於屈鐵無强梗，媚比嬌姝峻潔貞。元甫見詢曾妄答①，筆端流潤自圓生。

【校】

①「曾」，抄本同元刊明補本；薈要本、四庫本作「曹」，形似而誤。

答劉少卿顔書之問

仙壇郭廟八關文，襄國濠州半籒分。五帖論來皆具體，就中勁潤是殷君①。

【校】

①「潤」，抄本同元刊明補本；薈要本、四庫本作「甚」。

留别簽事張鵬飛①

鵬飛簽事以三詩餞行，甚有情致，但愧衰②

【校】

①「留别簽事張鵬飛」，四庫本、抄本同元刊明補本；薈要本是詩闕。

②「衰」，抄本、四庫本作「襄」。按：諸本以下至《�林暮雨》内容皆闕。

�林暮雨

共山山下送征騑，卓水歸時趁醉題。十萬壯夫飄灑處，一燈長記宿�溪。

入定州北門偶得

千雉嚴城鼓角寒，當年韓富倚爲安。後人苦笑書生懦①，白羽風雲屬將壇。

【校】

①「生」，元刊明補本、抄本闕，據薈要本、四庫本補。

雲林曉汲

家住青林杳靄間①，瓦缾乘月汲泠淵。山中道士全椒客②，煮盡谿頭白石圓。

【校】

①「青」，抄本同元刊明補本；薈要本、四庫本作「清」，亦可通。「杳」，抄本、四庫本同元刊明補本；薈要本作「香」，形似而誤。

②「全」，抄本同元刊明補本；薈要本、四庫本作「金」，形似而誤。

山中雜詩

路回峯轉認山形，周折東來似曲肱。偶倚斷崖南北看，兩鯨挾輔一龍騰。

長風吹雨入山門①，洗浄埃霾面目真。領取封靈相敬意，儘堆空翠待詩人。

騎乘藍輿步總宜，雨晴龍首有餘姿。興來題破蒼苔石，記我青山獨到時②。

徐童絶觀曉煙蒼，盡得東峯草木香③。鞍口迤西山更好，惜教無力到禪房。

山前三院説中溪，蕙帳空來夜鶴悲。一片短碑堪晤語④，宣尼堂下久楮頤⑤。

【校】

①「吹」，弘治本同元刊明補本；薈要本作「摧」；四庫本作「催」。

②「記」，弘治本同元刊明補本；薈要本、四庫本作「紀」，亦通。

③「峯」，弘治本同元刊明補本；薈要本、四庫本作「風」，聲近而誤。

④「堪」，弘治本同元刊明補本；薈要本、四庫本作「空」。

⑤「楮」，弘治本、薈要本、四庫本作「揞」，亦可通。

又題鹿菴與王子襄先生手書後①

一代高人王鹿菴，幽潛來往百門龕。詩瓢藥竈當時友，政有先生德不慚。

【校】

①「菴」，弘治本同元刊明補本；薈要本、四庫本作「庵」。

劉齊王讀書堂 在阜城北墉下①

當年齊相讀書堂，此日金華表佛幢。碧色尚餘書帶草，綺疏猶是聚螢窗。

【校】

①「墉」，弘治本、四庫本同元刊明補本；薈要本作「牖」，非。

平原縣有懷顏太師忠節

羯奴獵火九州空，平地孤城與抗雄。十七郡兵同日集，奮從吾守倡孤忠①。

【校】

①「守」，弘治本同元刊明補本；薈要本、四庫本作「首」，聲近而誤。

記右脅誌文①

昔相工謂王欽若貌異當貴，或云：「鼻斜何如？」曰：「他日作相自正。」後果然。予右脅有六紅誌、一黑子，狀成斗文。其黑子終非同色，又遠而不應曲詰。至元廿年二月廿一日，因浴出見一紅誌忽生其下，遂足成杓狀。吁，亦異哉！因書此以紀其生發月日云。

脅間素有七星文，黑誌權杓遠且昏。忽出一星爲補正，隱然高起更紅溫。

【校】

①「誌」，弘治本、四庫本同元刊明補本；薈要本作「痣」，亦可通。後依此不悉出校記。

讀老泉先生審勢審敵二篇

清時無故厲兵刑，審勢雖深衆目驚。轉首翠華牽率去，老泉幾策見來明。

二虜先須一掃清，萬方然後論升平①。周文未免昆夷患，卻訝先生以筆争。

【校】

①「升」，弘治本、四庫本同元刊明補本；薈要本作「昇」，亦可通。

赴任濟南前次黄岡作

征車轆轆二旬間，泥雨長途備阻艱。行近黄崗都忘卻，一峯金翠得華山。

今年東赴濟南行，帶雨拖泥二十程。只爲此身饑凍迫，幾回辛苦歎勞生。

過濟河縣北晏嬰城

一製狐裘四十年，當時功烈管差肩。細思款對崔門語，又見臨機勝趙宣。

三士輕生死二桃，善謀誰似晏卿豪。朝來采邑城東路，欲訪林丘挂佩刀。

濟河道中 今稱爲齊河蓋偶忘點水耳地名耿濟後漢耿弇破張布於此故名

甲子東遊入泰安，封壇日觀總躋攀。誰知二十年來後，卻向齊西看泰山。

匡山

匡山説有舊茅廬，李白當年此讀書。嵐氣宛如吟醉重，野雲時學簡編舒。

公堂

皁吏前頭擁簿書，午衙急散日停晡。南山翠倚公堂上，終日相看有若無。

九日登歷下亭

當年歷下富材賢，李杜文章兩謫仙。此日風流俱不見，秋煙空濕採菱船。

周文矩雷劍化龍圖

匣底幽光見斗間，張華腰領不勝寒。躍淵又作雙龍去，在晉當爲變怪看。

飛躍陶梭化葛笻，潛飛無迹與神通。披圖勘破延平事①，又在雷公劍室中。

【校】

①「破」，元刊明補本闕；據抄本、薈要本、四庫本補。

右軍書扇圖

偶愛蒲葵扇影寒，拈將揮灑動雲煙。情知龍躍天門筆，肯與兒童調百錢。

王謝當年奕世豪，東山清興更滔滔。不應經略中興志，留在書名與日高。

春閨怨

花落閒庭燕語新，東風吹夢濕行雲。就中最是關情處，一寸春光爛錦文。「爛」者，「爛熳」之「爛」①。

【校】

①「爛」，抄本同元刊明補本；薈要本、四庫本作「爛也」，衍。

甲申門帖子

一巵春酒酹門扉①，入手新年所事宜。卻愧白頭官舍底，苦無明略佐明時。

【校】

①「巵」，抄本同元刊明補本；薈要本作「杯」；四庫本作「尊」。

偶書

人無定志何從好，事到難量尚口行。一理縱能消百妄，物情其奈正逢迎。

周文矩勘書圖

宫槐陰合玉堂清，書葉翻香入細聽。内苑近來游宴少①，太平天子要傳經。

鈴索無聲到玉除，一時人物在瀛壺。細看簪盍翻經處，當日安知不有吾。

花壓欄干淑景移，一枰閒煞玉堂棋。日長政有繙書樂②，未礙從容下直遲。

【校】

①「宴」，弘治本闕；薈要本、四庫本作「迹」。

②「政」，弘治本同元刊明補本；薈要本、四庫本作「正」，亦可通。後依此不悉出校記。「繙書」，元刊明補本、弘治本闕；據薈要本、四庫本補。

周昉畫楊妃禁齒圖①

海棠春睡儘紅嬌，苦殢三郎厭早朝。人到愛深無□相②，捧心顰處更妖嬈。

【校】

①「禁」，弘治本、薈要本同元刊明補本；四庫本作「噤」。

②「□相」，弘治本作「□□」；薈要本作「處説」；四庫本作「説處」。

題張季雲先生山莊圖

儒將風流素所期，兒時幾讀霽雪碑①。誰知三十餘年後②，喜對張卿賦此詩。

郤馬巖居是素懷③，莫嗟終老未曾諧。天教一段風雲氣④，散作恩威震兩淮。

思長本與風雲會，山迴空圍水竹幽。説似野猿休悵望⑤，建封勳業在徐州。

公與徐州帥牙吾荅相得甚驩⑥，官幕府參軍⑦，至蔡，改吏部郎中，死沛縣。牙吾答即盧國瑞也⑧。

【校】

①「雪碑」，弘治本同元刊明補本、薈要本、四庫本脱。

②「誰知三十餘年」，元刊明補本、弘治本、薈要本、四庫本脱，據抄本補。

③「是」，弘治本同元刊明補本；薈要本、四庫本作「楚」。

④「教一段風雲」，元刊明補本、弘治本、薈要本、四庫本脱，據抄本補。

⑤「野猿休悵」，元刊明補本、弘治本、薈要本、四庫本脱，據抄本補。

⑥「帥」，弘治本、四庫本同元刊明補本；薈要本作「師」，亦可通。按：《周禮·春官·司常》：「師都建旗」，孫詒讓正義：「段玉裁云：『唐以前俗字帥作師。』」後依此不悉出校記。「牙吾荅」，弘治本同元刊明補本；薈要本作「要赫德」；四庫本作「牙吾答」。

⑦「參軍」，元刊明補本作「後繼」，弘治本、薈要本闕；四庫本作「參軍」。

⑧「國」，弘治本同元刊明補本；薈要本闕；四庫本作「天」。

樓居春望圖

翠斂雙娥底事愁①，不緣春去落花稠。歸鞍未得朝天信，望斷東風燕子樓。

【校】

①「娥」，弘治本、薈要本同元刊明補本；四庫本作「蛾」，亦可通。後依此不悉出校記。

徐熙折枝果圖

紫陌春風窈窕歌，昇平花果夢宣和。寫生忽見徐卿畫，碧爛紅鮮發興多。

後庭新唱滿深宮，已覺金陵王氣空。畫手忍將亡國淚①，筆端秋實染春紅。

【校】

①「亡」，弘治本同元刊明補本；薈要本、四庫本作「忘」，亦可通。按：忘，通亡。作「忘」者，蓋「亡」之聲誤。

趙大年雪霽聚禽圖

風雪龍沙萬里行，當時先兆見丹青。不然紈綺豪華習，滿意荒寒落雁汀。

點綴煙林意儘妍，沙洲鳧雁見荒寒。君看小景都盈尺①，展放江湖萬里寬。

【校】

①「都」，弘治本同元刊明補本；薈要本、四庫本作「多」。

又題美人卻扇圖

中饋蘋蘩女所思①，春風何意醉瓊枝。畫家解寫嬌羞意②，不見樊姬脱珥時。

【校】

①「中」，元刊明補本模糊不清；弘治本闕；據薈要本、四庫本補。

②「嬌羞意」，元刊明補本、弘治本、薈要本闕；據四庫本補。

大禹泣辜圖①

真淳氣散不復古，科條漸似秋荼深②。道逢胥靡漣洏泣，灼見當時罪己心。

【校】

①「辜」，弘治本、四庫本同元刊明補本；薈要本作「辠」，亦可通。

②「荼」，元刊明補本、弘治本作「茶」，形似而誤；據薈要本、四庫本改。

陶潛夏居圖 徽宗筆杜亨甫家藏

襟懷嘯傲羲皇上，晉宋興亡筆削中。千古此心誰會得，颯然時有北窗風。

吾廬瀟灑風煙外，詩思扶疏樹影中。典午廢來何限事，五株楊柳自春風。

庭樹交柯緑蔭濃，欣然忘卻草堂空。更憐彼稷懷新處①，漠漠平疇遞遠風。

【校】

①「彼」，弘治本、薈要本同元刊明補本；四庫本作「披」。

題李伯時畫陽關圖 霍清甫家藏①

晚唐聲教限羌戎，才唱陽關慘意濃。遠節每矜殷侑壯，略無離别可憐容。

别淚重於煙柳雨，離愁長似玉關程。就中儘是銷魂處，不待聽歌第四聲。

【校】

①「清」，弘治本、四庫本同元刊明補本；薈要本作「青」，非。按：霍清甫，即霍肅。

題梵隆古畫雅集圖

係内府畫上有紹典誌今爲霍清甫家藏①

龍章紅爛紹興文，入手休驚玉盌新。奎壁細看輝映處，半爲元祐黨中人。第二句一作「内府芸香秘幾春」②。

【校】

①「典誌」，弘治本同元刊明補本；薈要本闕；四庫本作「興印」。

②「秘」，四庫本同元刊明補本；弘治本、薈要本作「祕」。

題杜莘老春融秋嶺圖

三分春事二分空，料峭寒生破曉風。今日簷前天色好，山嵐全似卷中融。甲申春大寒。

題李龍眠畫九歌圖①

忠不忘君死即休②，修辭空説景差流③。公麟生前千年後，落筆能分楚國憂。

【校】

①「題李龍眠畫九歌圖」，弘治本、四庫本同元刊明補本；薈要本是詩闕。

②「忠」、元刊明補本、弘治本、四庫本闕，據抄本補。「忘」，弘治本同元刊明補本作「志」；據抄本、四庫本改。

③「景差流」，元刊明補本作「景□□」；弘治本、四庫本闕；據抄本補。

遊歷山南寺園題其壁

暖煙散處只空崖，俯瞰城居亦壯哉。寸梗日隨樵檐出①，不容濯濯嘆無材。

【校】

①「梗日隨樵檐」，元刊明補本、弘治本、薈要本、四庫本闕；據抄本補。

江貫道畫江山萬里圖

抖擻衣塵整豸冠，囂囂終日簿書間。何時一葉煙波裏①，飽看江南萬里山。

【校】

①「葉煙波」，元刊明補本、弘治本、薈要本闕；據抄本、四庫本補。

繁杏錦鳩圖

繁杏梢頭淑景新，錦鳩呼雨雨初匀。儘堪活色生香裏①，擁頸雙棲過一春。

【校】

①「堪」，弘治本同元刊明補本；薈要本、四庫本作「看」。

過青崖山

上有圓臺幾頃餘上有老嚴公手□□株今爲大林麓矣①

鵲巢東下望青崖，武惠當年幾往來。欲説雄圖中最重②，至今東魯號多才。一作「欲話霸圖應寂寞，蒼煙深處柏園臺。」

【校】

①「上有圓臺幾頃餘上有老嚴公手□□株今爲大林麓矣」，弘治本作「上有圓臺幾頃餘上有老嚴公手株今爲大林麓

矣」；四庫本作「上有圓臺幾頃餘上有老巖公手植今爲大林麓矣」；薈要本脱。

②「説」，弘治本、薈要本同元刊明補本；四庫本作「謝」。

過道郎寄時伯威

泰安教授名震

岱宗回望漸微茫①，空翠隨人過道郎。三日魯瞻亭上話②，一樽風味詎能忘。

【校】

①「岱」，元刊明補本闕；據抄本、薈要本、四庫本補。

②「魯」，抄本同元刊明補本；薈要本、四庫本作「曾」，形似而誤。「話」，元刊明補本、薈要本闕；四庫本作「客」；據抄本補。

題山谷家乘後

家乘初看喜小康①，宜州天氣固難量。一壺醉倒牂柯□，千古南樓飲恨長②。

【校】

①「家乘」，元刊明補本、弘治本、薈要本、四庫本闕，據抄本補。

②「千」，元刊明補本、弘治本、薈要本、四庫本闕，據抄本補。

宿東平南衙

南衙曾預幕中籌①，白首重來二十秋②。卻似絳園春睡醒③，一聲鶗鴂五更頭④。

【校】

①「南衙」，元刊明補本、薈要本闕；四庫本作「昔年」；據抄本補。「預」，抄本、四庫本同元刊明補本；薈要本作「豫」，亦可通。

②「二十秋」，元刊明補本、薈要本闕；四庫本作「此地遊」；據抄本補。

③「醒」，元刊明補本、抄本、薈要本闕；據四庫本補。

④「一」，元刊明補本、抄本、薈要本闕；據四庫本補。「鴂」，元刊明補本作「鴃」，據抄本、薈要本、四庫本改。

黄石公祠雜詩

物色當年□異逢，韜光元是避秦翁。野人指説山頭□①，□□□□□□□。

□□祠南翠阜重，□□□□□□□。□□□□□□策，都在先生指授中。

小邑彬彬富碩儒②，山川英氣未嘗虚。不須苦泥城邊石③，夜半重來覓素書。東阿前金時自張萬公、高子升、清鄉侯莘卿已下，進士第者二十餘人④。

此老當年一隱淪，後稱黄石恍疑神。野人莫詑山間事⑤，洞穴無情草自春。謂黄山洞穴山顛折立石也。

良授書來知益奇⑥，一時籌策係安危。楚人不逐哀歌散，白首空懷抱石悲。

千古陳言雜僞真，丹青難寫是精神。護軍史筆端如畫，北上風雲逐日新。

今古文章不自工，後人公論見清雄。壁間細閲題詩客，笑煞騰騰兀兀翁。黄石祠有詩云：「天其既與赤帝子，我亦願師黄石公。」題曰「騰騰老」⑦，後復曰「兀兀翁」。「騰騰老」，蓋楊紫陽也；「兀兀翁」，楊飛卿也。二公争相爲己詩者數年，遺山聞之曰：「詩則非佳，争之意甚可爲一噱也⑧。」

【校】

①「物色當年□異逢，韜光元是避秦翁。野人指説山頭□」，元刊明補本作「□□□□□□□，□□□□□□□。□□指説山頭□」；薈要本、四庫本闕；據抄本補。

②「小」，元刊明補本、薈要本闕；四庫本作「此」；據抄本補。

③「不須苦泥城邊石」，元刊明補本、薈要本作「□須苦泥□□□」；四庫本作「何須苦泥神仙説」；據抄本補。

④「時」，元刊明補本、抄本、薈要本闕；據四庫本補。「升」，元刊明補本、抄本、薈要本闕；據四庫本補。「十餘人」，元刊明補本、抄本、薈要本闕；據四庫本補。

⑤「詫」，弘治本、薈要本同元刊明補本；四庫本作「託」。

⑥「知」，弘治本、薈要本同元刊明補本；四庫本作「智」，亦可通。後依此不悉出校記。

⑦「曰」，元刊明補本本作「日」，據抄本、薈要本、四庫本改。

⑧「噱」，抄本、薈要本同元刊明補本；四庫本作「㖤」，俗用。按：㖤、噱，本爲絶不通用之二字。作「㖤」者，蓋「噱」省略形符而以聲符易本字。

郭將軍巨廟在肥城縣西水里村南山上土人云巨嘗趁熟來此欲瘞其子於村傍果然余以謂孝忍者也①

家窶時供菽水難，豈堪孫息共盤餐。生埋設若仝純孝，不念將慈變忍端。

水里山頭郭巨祠，歲時香火野人思。反哺因羨慈烏烏②，斜日歸飛滿樹枝。一作「啞啞卻羨慈烏烏。」

【校】

①「熟」，抄本同元刊明補本；薈要本、四庫本作「熱」。

②「反」，抄本同元刊明補本；薈要本、四庫本作「交」，非。

繼司穀夫韻題野堂壁　穀夫名仁

郊居静有耽書樂，客至都忘歉歲災①。喜向壁間留語去，草堂樽酒記曾來。

眼中故友三年別②，霜後春桑一例災。暫解歲憂談士樂③，馬頭遥指野莊來。

【校】

①「歉」，元刊明補本、抄本、四庫本作「慊」，據薈要本改。

②「眼」，抄本同元刊明補本；薈要本、四庫本作「眠」。

③「談」，抄本同元刊明補本；薈要本、四庫本作「誠」。

武惠公故里　在長清西五十里今稱鵲里者是也

鵲里西連武惠林，蒼煙埋沒石麟深。固應千古桓公業①，長聽黄鸝送好音。

【校】

①「業」，元刊明補本作「葉」，據抄本、薈要本、四庫本改。

遊百家巖雜詩

月池懸溜落蒼窪，巖竇分居可百家。不羨碧瀾秋色好，倚天驚絶赤城霞。

龍鬚草細雪婆娑，石樹形奇碧玉窩①。欲訪鍛爐懷舊隱，老僧指示隔煙蘿。

山居最苦水泉慳，明月池深湧碧瀾。寺仰以清山藉潤，細教螭口瀉高寒。

山煙起處竹林蒼，白鹿嵬高半夕陽。長嘯至爲鸞鳳去，公和當冠七賢堂。

玄髓丹書兩遇難，碧山猶説有仙壇。千年留在嵇康恨，石上清風漠漠寒。

亂山合遝排青闤，細路縈紆走白蛇。十里風煙吟醉底，柘園莊北日初斜。

清醑蒸秔户户香，百門山下喜初嚐②。太平有象豐年是，翠竹梢頭看簸揚。

來往蘇門半月過③，青帘巷陌總行窩④。寓形宇内知能幾⑤，對酒當歡不樂何⑥。

十月山陽黄落秋，陡寒風色偃貂裘⑦。蹉跎非泥林婆酒，更爲諸賢一日留。

晉隱祠邊落照紅，自來伐木竹林中。且休輕議前賢輩，自執牙籌笑阿戎。

王烈清泉在碧巔⑧，當時瓢飲致高年。情知泥髓能充腹⑨，空使人間作笑傳。

【校】

①「形奇」，元刊明補本闕；薈要本、四庫本作「玲瓏」；據抄本補。

②「嚐」，抄本同元刊明補本；薈要本、四庫本作「嘗」，亦可通。後依此不悉出校記。

③「來」，元刊明補本闕；薈要本、四庫本作「欲」；據抄本補。

④「陌總行」，元刊明補本、弘治本作「□總□」；薈要本、四庫本作「裹總高」；據抄本補。

⑤「幾」，元刊明補本闕；據抄本、薈要本、四庫本補。

⑥「對」，元刊明補本闕，據抄本、薈要本、四庫本補。「歡」，抄本、薈要本同元刊明補本；四庫本作「歌」。

⑦「寒風」，抄本同元刊明補本；薈要本、四庫本作「風寒」。「偃」，元刊明補本作「嫗」；薈要本、四庫本作「入」；據抄本改。

⑧「王」，抄本同元刊明補本；薈要本、四庫本作「黄」。

⑨「髓」，抄本同元刊明補本；薈要本、四庫本作「水」。

題朱孝子詩卷

道傍積土作高標，存殁中間慰寂寥。見説一方多錫類，秋風惡水變鳴梟。

中古識封高四尺，朱生覆簣到三尋。所憐哀俗頽波裏，能見終喪不匱心。

門閭旌異對堂封，春在林墟洩樂中。白首已慚朱子孝，荒阡望入漢堤東。予家三代祖塋夾堤，東西相望凡三處。

長至日同李靖伯過高仁甫新居即事

禮義爲方邑不多，處心極厚已澆訛。首從吾輩家風異，其奈閭閻鄙俗何。

藩籬限隔苦無多，徹去寬於四海和①。昨晚杖歸心適喜，樂於常棣燕時歌。

中唐一席間維藩，隱眼高於嶺嶂巑②。愛煞西家高老子，晚沙能暖鶺鴒寒。

【校】

①「徹」，抄本、薈要本同元刊明補本；四庫本作「撤」，亦可通。後依此不悉出校記。

②「隱」，抄本同元刊明補本；薈要本、四庫本作「嶺」。

讀明皇雜事

西内凄凉慘落暉，高將軍去事尤危①。起居聽徹公卿表，淚拭龍袍秪自悲②。

【校】

①「尤」，抄本同元刊明補本；薈要本、四庫本作「猶」，亦可通。後依此不悉出校記。

②「拭」，抄本同元刊明補本；薈要本、四庫本作「濕」。

元日門帖子

春露名堂落有成①，永思遠慰歲時情②。近逢季主親爲説③，華構新年儘笑聲④。

心事雖關覺累輕⑤，閑心有味勝時榮。不妨鄉社浮沉裹⑥，一曲酣歌樂太平。

【校】

①「春露名」，元刊明補本、薈要本、四庫本闕；據抄本補。

②「情」，元刊明補本、薈要本、四庫本闕；據抄本補。

③「爲説」，元刊明補本、薈要本、四庫本闕；據抄本補。

④「華」，元刊明補本、薈要本、四庫本闕；據抄本補。

⑤「心事」，元刊明補本闕；薈要本、四庫本作「世事」；據抄本補。

⑥「裏」，元刊明補本闕；薈要本、四庫本「醉」；據抄本補。

跋醉道士圖

沙頭傾盡玉雙瓶①，已醉猶醒百態生②。若問一壺中所樂③，醉鄉日月自昇平④。

【校】

①「沙」，元刊明補本闕；薈要本、四庫本「牀」；據抄本補。

②「醒」，抄本同元刊明補本；薈要本、四庫本作「能」，非。

③「壺」，元刊明補本、抄本作「中」，涉下而誤；據薈要本、四庫本改。

④「日」，抄本、薈要本同元刊明補本；四庫本作「白」，非。

跋墦間圖

乞食歸來意有餘，豈知内子涕沾襦①。相逢半是墦間客，底用經營畫作圖。

【校】

①「襦」，抄本同元刊明補本；薈要本、四庫本作「濡」，涉上而偏旁類化。

跋理宗題馬驎畫折枝木犀圖

花中神品趙昌師，又向臣驎見折枝。不惜一天風露潤，百杯樓晚要新詩①。

【校】

①「杯」，抄本同元刊明補本；薈要本、四庫本作「林」，形似而誤。

跋醉漁父圖

浪急舟輕任自由，得魚歸去博新篘。醉來省記靈均語，獨速煙蓑笑不休。

題卜者詩卷

卜筮精微未易通，静能知遠要深功。裹糧去訪賢師友，喜爲題詩送易東。

跋徽宗畫百鷺圖①

草滿宫池漲碧淵，日長靈囿鼓咽咽。轉頭百有于飛地，漠漠蒼煙是野田。

淺淺溪流碧玉汀，风摽呈處總真情。圖回不到靈臺雅②，辨與樊川詫晚晴。

西伯池臺白鳥多，二南風化到雍和。慕羶只辦丹青了，創守其如宗祖何。

【校】

①「跋徽宗畫百鷺圖」，抄本、薈要本同元刊明補本；四庫本是詩脱。

②「雅」，元刊明補本、薈要本闕，據抄本補。

乙酉元日門帖子

莫認時榮真福順，休從勢利論人情。願將風日輝輝氣，散作豐年笑樂聲。

題德長老夢齡圖

高情千古一坡仙，夢入西堂豈偶然。只著吾家公案論，嗜心將至有開先。

修齡親説夢中傳，寫出梅花樹下禪①。更愛鹿菴人品峻，不隨王導作周旋②。鹿菴云：「好將半桶井華水，過與闍利洗面顏③。」

【校】

①「樹下」，抄本同元刊明補本；薈要本、四庫本作「老樹」。

②「作」，抄本同元刊明補本；薈要本、四庫本作「共」。

③「利」，抄本、薈要本、四庫本作「黎」。

露堂夏日即事

日長人在露堂間，何物相看慰我顏。碧瀲方池湖水滿，一峯蒼翠出君山。

題遺山先生手書雜詩後

河間王成之收①

文鍵親承謦欬餘，又從珠璧見遺書②。常疑落落江山筆，不放奎光到玉除。

【校】

①「間」，元刊明補本、抄本作「澗」，偏旁類化；據薈要本、四庫本改。

②「璧」，抄本同元刊明補本；薈要本、四庫本作「碧」。

江鄉雪景圖

勢利嬰兒百尺竿，雲臺争似釣臺閒。料應篷底秋江夢①，不到君王物色間。

【校】

①「應」，抄本同元刊明補本；薈要本、四庫本作「因」。

秋江待渡圖

楓林沙步夕陽蒼，一棹秋煙待野航。江上西風晚多急，行人歸路不須忙。

寒林圖

溪山一雪自幽深，都付騷人入苦吟。最是畫工留意處①，筆端瀟灑萃寒林②。

【校】

①「處」，元刊明補本闕；據抄本、薈要本、四庫本補。

②「筆端」，元刊明補本「□端」；薈要本、四庫本作「晚煙」；據抄本補。

題水牯圖

姚黄魏紫動遊觀，何似田家黑牡丹。萬有囷倉由爾出，論功消得畫圖看。

秋山訪友圖

瀟瀟楓葉映青山，詩在風煙紫翠間。早晚得歸林下去，一溪秋水伴君閒。

𡸣峙石樓連佛屋，灘横八節走青伊。杖藜多是香山老①，斜日青山獨往時。

【校】

①「多」，抄本同元刊明補本；薈要本、四庫本作「都」。

讀後漢西域傳論

世外鴻荒古罕聞，角端人語烏雄尊①。縱横最愛宣城筆，理絶人區略不論。角端，獸名，極壯大，能諸國語。

【校】

①「烏」，抄本、薈要本、四庫本作「鳥」。

題樂天不能忘情圖

駱馬悲鳴頓玉珂，停杯重聽柳枝歌。做成一段閒公案，轉覺香山長物多。

楊柳新聲滿洛陽，樽前風味老難忘。筆端拈出新詩句，似爲樊姬作嫁裝。

韓白二公老境

日月閒心要破除，香山晚節亦區區。藏詩葺寺皆餘事，猶勝昌黎聚博徒。

籍也胡爲勸著書，要將斯道濟時須。情知千古潮陽筆，肯作分章摘句儒。

太一宫四絶①

華表人歸鶴未來②，空從雲氣望蓬萊。西池一望桃千樹③，猶記中和手自栽。

露濕庭松偃蓋青，一聲幽磬隔疏櫺。多應金簡朝元罷，自炷爐香讀道經。

庭樹瀟瀟緑滿廊，日長深鎖碧窗涼。隔簾遥見秋來處，一葉輕黄墮井牀④。

漠漠陰風轉石壇，長廊踏破碧苔寒。呼童徹放松扉鑰⑤，看罷梅花問竹安。

【校】

①「四絶」，弘治本同元刊明補本；薈要本、四庫本脱。

②「來」，弘治本同元刊明補本；薈要本、四庫本作「歸」。

③「池一望桃千樹」，元刊明補本、弘治本、薈要本闕；據四庫本補。

④「墮」，弘治本同元刊明補本；薈要本、四庫本作「望」。
⑤「呼童」，弘治本同元刊明補本；薈要本、四庫本作「徑呼」。

倚竹圖

天寒翠袖儘輕盈，暮倚湘筠思不勝。何異澗阿幽隱士，長材空抱乏賓興。

遊龍門雜詩一十首 共西山名

山到龍門勢轉奇，千巖軒豁射朝曦①。從教馬足徐徐進，正是山紅澗碧時。

百丈瑶泓湛碧崖，杖藜不到是空迴。諸人也解詩人樂，挽葛攀藤一例來。

龍門形勝自天開，細瀉銀河灑碧崖。老我世間塵土夢②，百年能得幾回來。

直上危巔弄瀑流，空濛飛灑雲裘。看來潭面無纖翳，人道龍泓似炭湫③。

冷泉飛下碧峯尖，蛟梓綃長萬縷纖④。卻爲夜潭霜月苦，山靈長下水精簾。

龍門峽束石嶙峋，只有懸流最可人⑤。才到寺臺心已喜，竹梢明處拖天紳。

竹上題詩石上休⑥，劉郎勸酒薛郎謳。奇探不識風雷怒⑦，若比潮陽更款留。

褰裳舍策上稜層⑧，醉裏陳州羨不勝。玄極近南雖峻絶⑨，似君筋力尚能登。

共惜登危馬力微⑩，歸時風袖喜披披。紫煙暖藉青鞋健⑪，步下蒼陘不覺疲。

山喜詩人作晚粧，野煙不幻碧峯蒼。婆娑醉藉横坡草⑫，更爲山英倒一觴。

【校】

①「巖」，弘治本同元刊明補本；薈要本、四庫本作「年」，涉上而誤。「射」，弘治本同元刊明補本；薈要本、四庫本作「露」。

②「老我」，抄本同元刊明補本；薈要本、四庫本作「我老」。

③「似」，抄本同元刊明補本；薈要本、四庫本作「是」。

④「蛟梓」，抄本同元刊明補本；薈要本作「蛟客」；四庫本作「鮫客」。

⑤「最」，抄本、薈要本同元刊明補本；四庫本作「泓」，非。

⑥「竹」，元刊明補本、抄本闕；據薈要本、四庫本補。

⑦「怒」，元刊明補本、薈要本闕；四庫本作「窟」；據抄本補。

⑧「褰裳」，元刊明補本闕；薈要本、四庫本作「安行」；據抄本補。

⑨「玄極」，抄本、薈要本同元刊明補本；四庫本作「極玄」，倒。

⑩「共」，元刊明補本闕；薈要本、四庫本作「不」；據抄本補。

⑪「健」，元刊明補本闕；薈要本、四庫本作「濕」；據抄本補。

⑫「藉」，抄本、四庫本同元刊明補本；薈要本作「籍」。「坺」，抄本同元刊明補本；薈要本、四庫本作「拔」。

筠溪軒留題

山川明秀在共西，人問其中幾杖藜。三十年間還默數，青燈兩度宿筠溪。

筠溪溪上好風煙，又向幽人借榻眠。欲就龕燈尋道話，卻成尊酒醉留連。

題天慶觀壁①

至人心孔有天遊②，何似歸潛德日休。千尺澗松終自老，一菴閒地且相留。

擾擾城居足是非，静觀秋水物空齊。近年豁盡爭衡氣，卧看虚窗日影西。

春畦緑滿桔槔閒，吟眺高城有往還。不着神光牛背上③，時來支笏看西山。

闤闠都來掌許中，白頭相會幾人同。時將一榼如冰酒，傾瀉春風滿太空。

【校】

①「題天慶觀壁」至「寄楊參政」六詩，四庫本、弘治本同元刊明補本；薈要本六詩置於本卷「答劉少卿顔書之問」之後。

②「孔有」，抄本、四庫本同元刊明補本；薈要本作「有孔」，倒。

③「神」，抄本同元刊明補本；薈要本、四庫本作「人」。

題史仲威修鄧州文廟詩卷

禮殿修完到大成，仲威一日得嘉聲。卻憐吾郡膠庠地①，二十年來斷不行。

【校】

①「膠」，元刊明補本、抄本作「資」，據薈要本、四庫本改。

題歲寒齋

松柏青青貫四時，木中推重爲幽姿①。史君特用爲齋榜，要見貞心老不移。

【校】

①「姿」，元刊明補本作「婆」，形似而誤；據抄本、薈要本、四庫本改。

題東坡手簡

文章大節中所立，海岳英靈未易招。只爲峻高人競仰，有時秦吉作鸜嬌。

題山谷手卷①

書學推公果若何，紆餘全似右軍鵝。兩行醉墨南樓帖，一字千金未足多。

【校】

①「卷」，元刊明補本、抄本作「簡」，據薈要本、四庫本改。

寄楊參政

紅藥階前露氣新，五花行判舊經綸。除章莫厭鈞陶細，散在人間是好春。

閑中何物慰窮愁①，細把調元入校讎。勘破漢中三策意，忍從刀筆論酇侯。

【校】

①「慰」，抄本同元刊明補本；薈要本、四庫本作「是」。

謝太傅奕棋圖①

勝負胸中料已明，又從堂上出奇兵。怡然一笑文楸裏，未礙東山是矯情。

【校】

①「謝太傅奕棋圖」，四庫本、抄本同元刊明補本；薈要本置於本卷「題杜莘老春融秋嶺圖」之後。

王惲全集彙校卷第三十

七言絶句

題蘭氏三桂堂字説手卷

當年山斗仰蘭公①，此日開封有父風。着眼讀書堂下去，又看三桂發春紅。着一作「放」。

【校】

①「年」，抄本同元刊明補本；薈要本、四庫本作「時」。

題玉局公所畫竹石秋壑家藏

此老何心作此君，一枝中發錦江春。無窮露葉煙梢意，散作先生百億身。

關河形勢圖

關河百二控秦頭，滿目斜陽獨倚樓。設險守邦須尚德，每多吴起説文侯。

秦川展掌華山高，千古關河締構牢。早晚去施通濟手，浮航如畫鎖驚濤。

壓關樓上醉憑欄，一片黄流入斷山。彼索此强俱寂寞①，山河空鎖夕陽閑。

【校】

①「强」，弘治本、薈要本同元刊明補本；四庫本作「彊」，亦可通。

解鞍圖

川流縈帶燒痕青，萬帳風煙扈漢營。長記散軍郊射罷，丹青圖上看升平。

瀟瀟牙帳野河春，羽獵歸來日未曛。展放畫圖還記得①，二年鞍馬過牛羣。

高空雲迴射鵰還，細草平沙困解鞍。醉裏清寒將夢去，春風吹雪點旗竿。

【校】

①「展」，弘治本同元刊明補本；薈要本、四庫本作「轉」。

題黄門飛鞚圖①

金錯盤陀絡玉鞿，春風飛影下瑶池。丹青明見臚傳意，花柳深宫燕八姨。

年年十月幸温湯，詔給辭臣半驌驦。最見流雲瀟灑處，津陽春色曉蒼蒼。

【校】

①「門」，弘治本、薈要本同元刊明補本；四庫本作「閒」。

讀唐武后曌紀

秋日花開未足災①，有瓜無可摘黄臺。瑣聞辦着青娥笑，争指朝堂鬼朴來。

【校】

①「足」，弘治本、薈要本同元刊明補本；四庫本作「是」，形似而誤。

讀狄梁公傳

魚鼈霑恩徧九垓，鳳池春色接鸞臺。敝袍不染梁公血，辨作幽囹一聚埃。

二馬圖

振鬣長鳴萬馬瘖，肯教閑損絡頭金。多應縱駕華清去，飛過宫前御柳陰。

讀富鄭公傳

奉詔東來止國門，悔將威克動嚴宸。繞爐不合終宵眼，六丈方知是聖人。

玉堂閑適圖

醉岸烏紗殿影東，宫花低映酒波紅。興來草罷長楊賦，獨占高槐灑晚風。

淵明漉酒圖

此圖以氣象筆法較之，恐是王雲筆也。雲，秦人，意匠多偉麗而少雍容①。余嘗觀《斬蛟》及《内殿横吹》等圖，故敢指此殆雲之筆也。然近代以來，如雲之工者亦不可多得云。秋澗老人王惲序。

牀頭新釀漉來空，清濁君看固不同。門外徵車揮已去②，秋香籬落醉西風。

紛紛葛屨雜華纓，何物衣冠可重輕。莫若脱來還漉酒，一杯時復聖之清。

秫田一粒不霑脣，長恐春醪負此巾③。儘着輕紗渾濕卻，尤勝憔悴染京塵。

停雲時鳥日從容，長在先生醉眼中。劉宋禪來非一事，五株楊柳自春風④。

蒲輪遠聘亦釃恩⑤，處士雖微實晉臣。常愛紫陽書法當⑥，不教輕染寄奴塵。

【校】

①「匠」，弘治本同元刊明補本；薈要本、四庫本作「象」。

②「徵」，弘治本同元刊明補本；薈要本、四庫本作「征」，聲近而誤。後依此不悉出校記。

③「長」，弘治本同元刊明補本；薈要本、四庫本作「嘗」，亦可通。按：嘗，通常，同長。作「嘗」者，蓋「長」之聲誤。後依此不悉出校記。

④「株」，弘治本、四庫本同元刊明補本；薈要本作「枝」，非。

⑤「醲」，弘治本同元刊明補本；薈要本、四庫本作「濃」，亦可通。

⑥「常」，弘治本同元刊明補本；薈要本、四庫本作「嘗」，亦可通。後依此不悉出校記。

莊宗横吹圖

郭相西征奏凱還，阿嬌歡寵鏡交鸞。卻嫌暖殿春風燠，玉管横翻曉吹寒。

霸業艱難百戰開，侈心何苦溺優俳。豈知兩部仙韶器，總是君王火葬材。

繼周南樂見寄嚴韻

長慶詞人興寄長，當時元白鬥軒昂。江山正有潮陽筆，千古詩壇自一行。一作「細嚼君詩興緒長，孤吟空效鶴頭昂。解教老嫗能通曉，留與香山作雁行。」

莫嗟朝鏡鬢毛霜，總道寒花晚節昌。一級散官增正七，三升春酒醉公堂。

茆亭秋月

水天上下月微茫，冷浸茆亭夜色蒼。我欲去尋幽隱客，一天風露静琴張。

括諸山水勢兩分

冀北諸山水兩分，山西流注會龍門。脊東衆壑歸幽野①，號作桑乾入海奔。

【校】

①「脊」，元刊明補本、弘治本作「春」，形似而誤；據薈要本、四庫本改。

復作詩以贊之

職方引據説空繁，到底終無一定言。愛殺九峯真具眼，高空直下看中原。

寄馬左丞子卿

士達察判行，求先容，不敢書。謹以亂、道二章聊代起居之問，且奉一粲云。

治道元來有本根，聚精都在鳳池春①。近因拈出中堂記，滿眼經綸半魯人。

一別春坊歲五過，向來心事總蹉跎。遥憐紅藥階前露，霑丐茆茨意最多。

【校】

①「都」，弘治本同元刊明補本；薈要本、四庫本作「多」。

學圃亭

崔君隱德老譚經①，俯仰乾坤一草亭。莫爲處心親細事，正宜烹煮削蕪菁。

桔槔上下任畦丁，春韭秋蔬用不勝。若向邵生親問訊，瓜田風味勝東陵。

明農致事稱周宰②，抱甕澆畦説漢陰③。兩事若論爲拙計，空拳搏虎更何心。

庾郎三韭種來青，鄭老秋瓜結已成。食肉飯蔬元有分，不應空戀五侯鯖。鄭老，爲瓜州刺史審也④。

東鄰近接香山里，南衲今稱處士涯⑤。活計看來元不惡，自鋤明月種梅花。

【校】

①「譚」，弘治本、薈要本同元刊明補本；四庫本作「談」，亦可通。後依此不悉出校記。

②「致」，弘治本同元刊明補本；薈要本、四庫本作「數」，形似而誤。

③「畦」，弘治本、薈要本同元刊明補本；四庫本作「園」。

④「爲」，弘治本同元刊明補本；薈要本、四庫本作「謂」。

⑤「汭」，弘治本同元刊明補本；薈要本、四庫本作「浦」。

題紅葉扇頭

故宮秋色醉來鮮，浥露吟風雜暮蟬。折得不浮流水去，一枝留伴月中仙。

深宮不禁水東流，賦就幽情孰與酬。紅露滿山秋正好，等閑休上建章樓。

今年火盛若爲攻，盻盻西風一掃空①。忽見扇頭紅錦色，上陽秋意滿吴宫。

【校】

①「盼盼」，弘治本同元刊明補本；薈要本、四庫本作「盼盼」，形似而誤。

雅歌一十五首 并序①

《雅歌》者，爲丞相武公作也。公經略河南之三年②，有詔上計行臺③。時權臣承制，威震中外④，拭吻磨牙，婪婪横噬，凡可以中傷羣辟者，靡不畢至。公以大忠致謹，乃心王室，斂衆人之責爲己責，以天下之憂爲己憂，雖困於跋疐⑤，一身利害略不爲恤也。蓋欲俾朝廷上存公恕，下不失民心爲重。其大節有如此者，竟能感格帝心，恩終簡在。自非精忠貫日，其孰能與於此哉？所謂臨大事，處大變，而後見其真將真相之度焉！因追作《雅歌》一十五章，庶幾流播斯美，使後人頌而歌之，顧望若神人然。其辭曰：

讀來黄卷有深功，都見平時日用中。朝下引車常慕藺，行間拔士每知蒙。

陰闔陽開制總司，諸人何與到傾危。微臣有罪天王聖，不患朝廷遠不知。

衮冕桓圭極品榮，校來得失一毫輕[6]。空傳馬援囊珠謗[7]，終見汾陽貫日誠。

天蓄靁風未動威，棲棲遵渚歎鴻飛。見知正賴龍潛帝[8]，笳鼓歸來有衮衣。

萬馬瀟瀟入漢巴，行臺東下控中華。方思霖雨須賢相，豈特春風動虎牙。

萋菲方成貝錦哀，睿思熒惑若爲開。天教中令心如日，几几俄瞻赤舄來。

品彙流形共化權，歲寒都到老松邊。欺殘太古陰崖雪，始信貞心老更堅。

儀比鸞凰重比山，功高心小古爲艱。平生幹當江南事，事了身名兩不關[9]。

羣飛鎩翮入罝羅，棘上青蠅訝許多。良玉儘禁三試火，周人空搆百升歌[10]。

亢則憑凌懦則摧，秋霜中烈外低徊。虎臣剩有回天力，更着闍兒與孽媒。

拓境每憂王土窄，息肩思與萬方休。生平戀闕丹心在，風雨何傷一葉秋。

身任安危五十年，老臣懷抱若爲宣。始終正有汾陽夢⑪，不到江湖范蠡船。

長圍破蔡仁聲著，積穀吞吴策畫深。三十年來分閫地，智名功勇總無心。

長憶中堂掌固初，宛陪高步在亨衢。百官禮絶真除日，門閤蕭然一事無。

釣魚山下護龍旂，嶓冢江邊奏凱歸⑫。一馬二僮東下日，路人拭目認征衣。

【校】

①「五」，元刊明補本、弘治本、薈要本作「二」，據四庫本改。

②「三」，弘治本同元刊明補本；薈要本、四庫本作「二」。

③「上」，四庫本同元刊明補本；弘治本、薈要本作「士」。

④「震」，弘治本、薈要本同元刊明補本；四庫本作「振」，亦可通。後依此不悉出校記。

⑤「雖困於跋疐」，弘治本同元刊明補本；薈要本作「于跋疐」；四庫本脱。

⑥「校」，弘治本同元刊明補本；薈要本、四庫本作「較」，亦可通。後依此不悉出校記。

⑦「傳」，薈要本、四庫本同元刊明補本；弘治本作「摶」，形似而誤。

⑧「潛」，弘治本同元刊明補本；薈要本闕；四庫本作「庭」。

⑨「身」，弘治本同元刊明補本；薈要本、四庫本作「聲」。

⑩「空」，弘治本、薈要本、四庫本作「坐」。

⑪「正」，弘治本、四庫本同元刊明補本；薈要本作「止」。

⑫「嶓冢」，元刊明補本、弘治本、薈要本作「番塚」，據四庫本改。

丁亥歲門帖子

坐賈謀生計已癡，歸田無力理耕縻。一家風雪渾閑事，四海豐穰是素期。

汴梁故宫寒食

人家賣酒繞宫池，争插青旗曲作圍。簫鼓漸多寒食近，一樽先爲典春衣。

熙春閣

傑閣當年燕御頻，鼎煙未盡慘兵塵。土階三尺茆茨底，人自熙熙物自春。

倚竹圖

錦字挑香翠易顰，一枝脩竹立湘裙。定情正在冰霜操，不到琴臺日暮雲。
粉香沾袖怯輕寒，都着幽情寄竹間。多是楚山湘水怨，不應空待賣珠還。

己丑歲門帖子

大郎赴部應求敍，老子傳心要醉經。二事儻能如所願①，一家編簡有餘青。

韓生痻寐春秋學，陳孺薰酣寶訓文②。磨礪童孫能寸進，一家春色看祥雲③。

【校】

①「儻」，抄本同元刊明補本；薈要本、四庫本作「儘」。

②「孺」，抄本同元刊明補本；薈要本作「氏」；四庫本作「儒」。

③「色」，抄本同元刊明補本；薈要本、四庫本作「滿」。

題顯宗墨竹

撫軍睿思到湖文①，筆底秋筠見本根。絶似承華欄檻看②，露梢煙葉總龍孫。

【校】

①「睿」，抄本同元刊明補本；薈要本、四庫本闕。

②「欄檻」，抄本同元刊明補本；薈要本、四庫本作「檻欄」。

堯民圖

日出漁佃日夕歌，蠶衣耕食樂天和。細思歷象星辰外，帝力於人更有何。

己丑五月十五日過王氏祠堂

兩軒梅竹足興哀，親見春山手自栽。前日問安人不見，翻翻風葉送愁來。

兩世規模有遠圖，轉頭庭樹影扶疏。顧瞻阿大中郎輩，信覺嵇公德未孤。

巢父飲牛圖

濁泥常恐汙吾牛，特地駈來飲碧流。縱使許由辭位去，汗顔終是對宸旒。

耕田鑿井不知勞，長恐逃名未得逃。最喜帝堯平治事，一犂春雨滿江臯。

徵庸禪讓兩無心，駈飲時過碧澗潯。若見後人牛傳事①，入山唯恐不幽深。

舜授堯傳兩不聞，最憐牛力晚來新。一鞭了卻東臯事，潁水箕山分外春。

若訝箕山易所操，雖辭堯讓匪吾曹。桐江江上垂綸客，一樣清風萬古高。

【校】

①「傳」，弘治本、四庫本同元刊明補本；薈要本作「傅」，形似而誤。

清明後二日南莊拜掃回偶占

寒食人家節已過，秋千猶在院東坡。今年春日光風好，拜掃歸來笑語多。

野叟争求醉筆新，因書聊歇酒杯頻①。勸農説有新冠蓋，要識君侯是老親。

【校】

①「酒」，薈要本、四庫本同元刊明補本；弘治本闕。

送葬挽歌

高墳雟嶢没荒草，白楊風悲和鬼歗。人生到此是徹頭，一例灰塵無醜好①。

祖筵纔徹哀號起，翣柳多儀殯蒿里。向來送者各還家，冥冥獨卧黄泉底。

人世何短白髮多，駒隙光陰不奈何。才見春風吹草緑，又看庭樹葉辭柯。

人命輕微如薤露，百年歡樂能幾度。森森鬼伯若來催②，相將共入黄壚去。

哭聲交慘簫笳咽，樹架增嚴縞素餘③。昨夜高堂猶暖熱，今宵荒野恨何如。

相將執紼送華輤，母子恩深哭不休。報德不銷埋石痛，低空還有斷雲愁。

方相擊凶魂攬馬，閭里親知滿中野。只知哀挽送行人，相看誰是長年者。

【校】

①「例」，弘治本同元刊明補本；薈要本、四庫本作「倒」，形似而誤。

②「來」，元刊明補本作「夾」，形似而誤；據弘治本、薈要本、四庫本改。

③「增」，弘治本同元刊明補本；薈要本、四庫本作「争」。

細君推氏哀辭

神情減自女孥捐①，病後支持又八年。最着老懷悲悼處，死猶知惜晝又錢②。

性姿貞静伯姬恭，四十三年好夢空。一閼夜臺無復見，悲聲留在白楊風。

斂來三夜夢平生，明説先姑已侍行。喪稱有無能戚了，何須易治太經營。

中堂北隩挂殘魂，戀戀情思在子孫。奉祀更當嚴在日，忍令哭臨限朝昏。

水西原上有新塋，三世親喪力助成。一旦夢隨先妣去，有知當慰未忘情。

纔過彌誕無旬月，遽變辭容只兩朝。寶匳暗留巖菊細，黛蛾空見遠山遥③。

營葺貧家鵲有巢，百年心事憶同牢。空餘深夜回溪月，獨見凌波采澗毛。

六十難爲夭折悲④，百年偕老是同期。篋衣滿意遺鄉在⑤，空結纓褵九十儀。

病倚中廬望大兒，娟娟心目已難支。朦朧帳影魂衣闇，腸斷燈前擁髻時。暗用「通德悲野田荒草」事。

去年扶病上新塋⑥，歌管杯盤水曲亭。今日重來人不見，杏花零落柳條青。

素棺已蓋鋪丹旐，舊物難窺瘞玉臺。苒苒縱隨仙馭去，姍姍猶憶夢中來⑦。

將持仲子庶同嫡，主葺貧家儉作豐。存殁較來無少慊，正緣余厄致終凶。

恩榮頗浹魚軒貴，禄食同霑石窌田。忍死最憐相叩問，六旬之上有餘年。

舒徐委帨辭餘衣，能盡桃夭灼灼宜。四十三年中饋地，儼然宗祖饗多儀。

團圞香火坐庭闈，欲話平生氣已微。生死慮來真大事，幾回含笑説先歸。

逝水碧縈長寢地，畫簾香黯送時車⑧。閑窗不待粧奩感⑨，遺恨空存禱嶽書。

百年同穴是同期，一病彌留秋草萎。垂老境中成死别，九泉相見話真知。

緡錢灰冷過黄昏，閃閃寒缸閉閤門⑩。只有此生來夢裏，幾迴含泣認離魂。

健婦治家勝丈夫，維君真與健同符。半生黽勉公家事，一米私門不累吾⑪。

勸余過飲省文思，切戒無多酒後辭。翁媪老來唯我爾，百年門户要扶持。

蘭枯蕙槁不禁風，一夕吹香入殯宫。把酒試澆橋下水，不容將恨到湘東。

當餐愁對齊眉案，升屋空留復魄衣。誰遣兩行知己淚，浪浪併向老來揮。

薦蘩人去露堂空[12]，内助功多想肅雍。説似老莊休鼓缶，固無形氣奈情鍾。

壺漿朝奠愴蒿君，露濕衰衣半淚痕。每囑兒童莫歸早，水邊恐有未招魂。

忘懷無似老莊盆，便作何知委路塵[13]。詩到悼亡能自釋，情文相稱是安仁。

襧殯親遷葬百泉[14]，久謀銘誄入瑶鐫。君須少候無多恨，行見貞珉表墓前。

長筵拜慶諸姫上，隨宦名邦二紀間。秋入池臺芳徑歇，春歸庭院落花閑。

行來古禮不多難，含斂堋藏淚涕潸。莫訝初終無佛事，此心求在有無間。

衣衾棺槨無遺憾，親戚悲哀有至情。二十三年庚子月[15]，西河原上葬先塋。

【校】

①「拏」，元刊明補本、弘治本、四庫本作「拏」，據薈要本改。

②「又」，弘治本、四庫本作「乂」；薈要本作「乂」。

③「蛾」，弘治本同元刊明補本；薈要本、四庫本作「螺」，亦通。

④「夭」，薈要本、四庫本同元刊明補本；弘治本作「大」，形似而誤。

⑤「鄉」，弘治本、薈要本、四庫本作「薌」，亦可通。按：鄉，通薌，猶香。

⑥「上」，弘治本同元刊明補本；薈要本、四庫本作「到」。

⑦「姍姍」，弘治本同元刊明補本；薈要本、四庫本作「珊珊」，亦可通。

⑧「黯」，弘治本同元刊明補本；薈要本、四庫本作「暗」。

⑨「奩」，元刊明補本作「養」，據弘治本、薈要本、四庫本改。

⑩「缸」，弘治本、薈要本同元刊明補本；四庫本作「釭」，亦可通。按：缸，猶釭，燈也。後依此不悉出校記。

⑪「累」，元刊明補本、弘治本作「類」，據薈要本、四庫本改。

⑫「露」，弘治本同元刊明補本；薈要本、四庫本作「考」，非。

⑬「便」，弘治本同元刊明補本；薈要本、四庫本作「使」。

⑭「親」，弘治本、四庫本同元刊明補本；薈要本作「新」，亦可通。

⑮「二」，弘治本同元刊明補本；薈要本、四庫本作「四」，非。

李早蕃馬圖

羣奔角壯任郊坰，已入竿頭莫力争。惜取蹄間三丈逸，望雲秋計鐵山程。

跋藍關圖

潮陽英氣凛中天，愁絶南荒瘴海煙。不道生還陰有相，自陳哀表亦堪憐。

晚風吹雪下關頭①，點綴行人去國愁。展盡畫圖還自惜，七閩南下即潮州。

【校】

①「晚」，弘治本同元刊明補本；薈要本、四庫本作「曉」。

題趙克敬遺安亭

襄陽苦節説龐公，趙氏貽謀意與同。肯羨東鄰騄榮貴，轉頭歌舞畫堂空。

趙生卓爾見青衿，及長行身稱克欽。爲問遺安安所止，一家鴻鵠住高林①。

【校】

①「鵠」，元刊明補本作「鵲」，形似而誤；據弘治本、薈要本、四庫本改。「住」，弘治本、四庫本同元刊明補本；薈要本作「往」，形似而誤。

題張氏致樂堂

生前菽水儘餘歡，身後追思世所難①。誰似考城張孝子，至今供具潔盤餐。

刻桷丹楹燕寢新，食前方丈處華裀。一杯不及慈顏樂，負米終慚季路貧。

【校】

①「追」，元刊明補本作「追」，形似而誤；據弘治本、薈要本、四庫本改。

壽萱亭

葵丘張氏孝無違，終歲承顏着彩衣。入户僾然親不見，一簾風月澹春輝。

凱風吹棘棘心柔，罔極恩深痛莫酬。不羨潘輿花滿縣①，一枝金鳳儘忘憂。

【校】

①「輿」，元刊明補本模糊不清；弘治本作「興」，形似而誤；據薈要本、四庫本改。

潘店早發

一鞭行色甌閩道，過處人多説險夷。忠義此心能自信，風波前路不須疑。

儀封

三代漸民道義深，抱關疇匪大賢心。披雲纔遂瞻依願，便解天教振鐸音。

睢州道中

馳傳北經梁孝苑，垂鞭東過宋襄城。征人折盡隋堤柳，風捲枯蓬逐馬行。

汴堤

近自汴州開夾道，遠連淮甸卧長虹。若論往返行人便，道在勞民卻有功。

寧陵縣早發

殘釭斜照耿孤懷①，夜久吟餘氣頗諧②。睡暖不知霜力重，起看梧葉滿庭階。

【校】

①「釭」，四庫本同元刊明補本；弘治本、薈要本作「缸」，亦通。

②「久」，弘治本同元刊明補本；薈要本、四庫本作「火」。

蕭相國廟

海寓清澄入帝圖①，忍將牛渴飲泥汙？不思世教從中降，得約秦苛意儘都。

【校】

①「寓」，弘治本、四庫本同元刊明補本；薈要本作「宇」，亦可通。後依此不悉出校記。

聞畸人話芒碭山事

芒碭山遠鬱蒼蒼，斷口雲連十里長。兩段素蛇今化石，至今神異説高皇。

望碭山縣有感

裴劉起義晉陽宫，三百年來立國雄。一旦剪夷無噍類①，厲階誰想在全忠。

【校】

①「夷」，弘治本同元刊明補本；薈要本、四庫本作「除」，亦可通。

宿州道中

辟寒須酒多難飲①，數堠前征覺易行。前去維揚猶七百，黄雲衰草宿州城。

【校】

①「須」，弘治本同元刊明補本；薈要本、四庫本作「宿」。「飲」，弘治本同元刊明補本；薈要本闕；四庫本作「醒」。

樓子店道中

汴溝已是荒亡迹，湖石重開禍亂基。徽煬較來同一病，九泉相見不相嗤。

敗盟無策更開邊①，萬石移來起艮山。天意故遺亡國恨②，兩堤秋草卧孱顔。

【校】

①「盟」，弘治本同元刊明補本；薈要本、四庫本作「門」，聲近而誤。

②「故」，弘治本同元刊明補本；薈要本、四庫本作「固」，聲近而誤。

虹縣道中度長直溝

望入綏寧接楚雲，老婆山遠界溝鄰。小河河上淮東地，萬頃黄蘆不見人。

渡江

生平夢寐瓜州渡，此日風煙指顧間。卻恨中流風浪惡，雄觀應欠上金山。

潤州 甘露寺近爲火焚掃地

望空北顧無雙寺，行入西津第一州。江影隔山摇素練，行雲和夢瑣朱樓。

桃源圖 劉君卿索賦

淵明既號葛天民，流水桃花到處春。明見筆端閑寓興，武陵休苦殢漁人①。

東來連舸泛長湖，兩鬢冰霜儘瘁癯。偶值漁郎心已媿，更堪三復武陵圖。

浙西到處武陵溪，稍涉幽深路便迷。始信避秦元寓説，淵明遺世厭羈棲②。

【校】

①「苦」，弘治本、四庫本同元刊明補本；薈要本作「若」，形似而誤。

②「厭」，弘治本同元刊明補本；薈要本、四庫本作「更」。

虎丘寺

真娘誰爲惜娉婷，李白題詩在竹亭。爲洗鷓斑金縷盌①，細烹泉眼較中泠。

【校】

①「爲」，元刊明補本、弘治本闕；據薈要本、四庫本補。

姑蘇館夜雨

吴亡越霸兩蝸争，朔吹翻江恨未平。一夜不眠思往事，姑蘇臺下雨連明。

宿寒山寺

借榻僧窗夜氣清，梅花香細燭花明。鐘聲不取唐人例，一覺安眠徹五更。

伏生授書圖

遺書灰冷散飛煙，老喙重宣即粲然。三策竟從名數説，潁川方寸殆虛傳。

題醉隱墨竹

清溪映竹竹連雲，苒苒晴梢醉墨新。卻爲歲寒心事苦，煖煙濃淡要横陳①。露梢風葉喜晴春，醉掃吟看卧竹根。欲見此君生意盛，滿川煙雨半龍孫。

【校】

①「濃淡」，弘治本、薈要本同元刊明補本；四庫本作「淡濃」。

西湖

一湖碧水山三面，滿眼樓臺堰一條。只爲近年荒廢久，花無容色竹無憀。

飛來峯

西湖廢撤無多景，靈隱莊嚴有勝幽。扶杖冷泉亭上看，日斜猶爲此山留。

靈隱寺

山緣松竹煙光潤，寺倚峯巒地位雄。凭檻忽驚靈鷲上，世間真有化人宫。

旋開僧牖觀山罨，閑逐遊人看寺迴。買得兩錢乾果子，步穿經洞引猿來。

錢塘

噫流無壯浙江潮，刀削銀塘甃石牢①。三十里長凡兩用②，既防崖路障驚濤。

【校】

①「石」，弘治本同元刊明補本；薈要本、四庫本作「碧」，非。

②「凡」，弘治本同元刊明補本；薈要本、四庫本作「無」，非。

錢塘西岸

市樓接望無三里，嶺嶂回環自一川。曉日人家炊爨罷，竹籬香滿碧松煙。

人家邸閣絡江皋，十室看來四五逃。閑向老人詢所以，近緣軍過苦相搔。

富陽縣會江樓

山光簇簇無連嶂，江水瀰瀰漲碧瀾。何處風煙見真境，富陽樓上倚闌干。

富陽道中

兩浙風煙入富春，眼中形勝鬥横陳①。一樽不吸江山淥②，笑煞桐廬把釣人。

江山畫裏看清雄，魚稻鄉中樂歲豐。不是釣壇壇上客，未能忘此就三公。

【校】

①「横陳」，弘治本、薈要本闕；四庫本作「嶙峋」。

②「淥」，弘治本同元刊明補本；薈要本、四庫本作「緑」。

早過新城黃山鎮二首

水無絶壑山無麓，春麥收來秧稻穀。行穿松逕看煙巒，一段碧紗籠水玉。

奥溪引作長畦浸，宿霧空濛破墨山。馬上不知行役倦，村村都在畫圖間。

白峯嶺

儀曹苦厭爲山囚，霧幛煙帡看未休。行過白峯三十里，桐廬江上重回頭。

七里灘

桐廬江水緑於藍，兩岸山攢碧玉簪。前去釣臺猶數里，兩峯奇石見巉巉。

共惜殘年得遠遷，豈知天意卻相憐。筆頭少得江山助，便遣空迴亦愜然。

嚴州道中

高盤山頂下深淵，馬足長驅不易前。幽鳥背人飛去速，一聲津鼓突江煙。叢叢吴岫煖煙生①，峽束奔江徹底清②。斜日篙師催進棹，三灘難上要雄撐。

【校】

①「吴」，元刊明補本作「具」，據弘治本、薈要本、四庫本改。

②「奔江」，弘治本同元刊明補本；薈要本、四庫本作「江奔」，倒。

蘭溪縣女步道中

豫樟蔽日無黄落，竹筍經霜更碧鮮①。記取江南光景異，煖煙晴日是冬天。

【校】

①「筍」，弘治本同元刊明補本；薈要本、四庫本作「篠」。

三河道中

龍丘風土類中原，兩勢山開百里川。白鷺水田摩詰畫，桃花溪洞武陵船。

龍游道中

路入龍游不見山，縱横阡陌轂江邊。穿籬臘筍如槍槊①，夾道寒花似火燃。

【校】

①「槊」，弘治本同元刊明補本；薈要本、四庫本作「矗」。

龍游道中聞雁

避寒來趁稻粱肥①，水遠山長結伴稀。已是江湖遠行客，一雙猶是向南飛。

【校】

①「粱」，弘治本、四庫本同元刊明補本；薈要本作「梁」，亦可通。

西安道中　衢州屬縣

西安荒惡路清寧，水泛山行夜不停。卻爲近來山寇發，大明猶未撤關扃。

紫溪嶺

紫溪梯嶺一層層，況復鞭羸帶雨登。頗笑此山藏行迹，世人曾不峻爲稱。

昔杜止軒告予云①：「楊西庵，談諧俠黠之雄者也②，世人不知其然。不肖何有，竟負天下滑稽之名，楊何深而僕何淺也！」予謂分水與紫溪嶺亦然。分水雖大，平而易登；紫溪雖小，峻而難陟。今世人以大安至險可畏爲言，而紫溪略無聞焉，其與楊③、杜顯晦初不殊也。④

【校】

①「予」，弘治本同元刊明補本；薈要本、四庫本作「余」，亦通。

②「談諧俠黠」，弘治本同元刊明補本；薈要本、四庫本作「俠黠談諧」。

③「其與楊」，抄本同元刊明補本；薈要本、四庫本作「與」，脱。

④「昔杜止軒告予云」至「初不殊也」，四庫本、抄本同元刊明補本；薈要本此序在詩題之下，是詩之上。

車盤嶺　大雨中上嶺①

時沾窮臘天多雨，路轉巔崖險可驚。辦着壯心時叱馭，兩程併作一程行。

【校】

①「大雨中上嶺」，抄本同元刊明補本；薈要本、四庫本脱。

武夷山　朱文公書院在焉

紫陽集裏已曾遊，此日輕舟過山口①。摳衣不獲拜遺祠，武夷一棹空回首。

【校】

①「口」，元刊明補本闕；薈要本、四庫本作「右」；據抄本補。

建陽道中　二更到縣

山谿流急遠聞聲，月暗林深信馬行。衆宿斂芒南斗大，半天驚看六星橫。

謝朱詠道山長來訪 名沂今爲亭山①

故縣經兵廢不存，考亭依舊泰山尊。南來有幸猶親炙，得見先生四世孫。

【校】

①「今爲亭山」，四庫本同元刊明補本；抄本、薈要本作「今爲考亭山長」。

八仙驛

灘峻渦旋陡下危，施師招處和聲齊①。八仙驛畔山如畫，一棹清風下建溪。

【校】

①「施」，抄本作「柂」；薈要本、四庫本作「柁」。

劍浦

湛湛雙溪劍浦秋，張華祠下更深幽。神兵不斫奸臣去①，真是蛟龍亦可羞。

【校】

①「斫」，抄本同元刊明補本；薈要本作「着」，聲近而誤；四庫本作「著」，聲近而誤。

李延平道南書院

延平名侗晦庵師也①

延平劍躍蛟龍窟，黯澮灘危灧澦堆②。一二事聽來皆野語，道南書院重裴徊。

【校】

①「師也」，抄本同元刊明補本；薈要本闕；四庫本作「之師」。

②「黯」，元刊明補本、抄本作「湇」，據薈要本、四庫本改。

高桐道中

梅花如雪小桃紅，夾道脩篁翠幄濛。折得一枝春在手，蠟香吹滿馬頭風。

上水船

亂石叢堆積鐵然，湍流翻雪沸洄淵。半崖匍匐人如蟻，百丈驚看上水船。

杈洋

鐵喻篙師紙喻船，上灘元比下灘難①。傳呼緩棹蘭橈去②，路入杈洋要細看。

【校】

①「元」，抄本同元刊明補本；薈要本、四庫本作「難」，涉下而誤。

②「撓」，抄本、薈要本、四庫本作「橈」，亦可通。後依此不悉出校記。

蒼峽道中　雨後看雲

滿嶺閑看雨後雲，空濛疏薄畫難真。蒼山巧露青蓮色①，都著銖衣挂法身。

【校】

①「青蓮色」，元刊明補本、薈要本闕；抄本作「□□髻」；據四庫本補。

蒼峽鎮雨夜

地連吴越已夷蠻，蒼峽東南更二千。鄉夢不成非野宿，雨聲還向客窗偏。

摩天嶺

寒雲直上看高層，峻極諸山莫與京。不作閩清具瞻物，摩天空擅最高名。

秀才嶺

西登盤上卧羊坡，東降平穿谷口蘿①。爲問蒼巔高幾許，微行人指樹頭過。

【校】

①「穿」，抄本同元刊明補本；薈要本、四庫本作「川」。

水口

山路捱來僕馬瘏，方舟南下頗安舒①。擢摇柔櫓嫌矄黑，行趁漁燈一點孤。

【校】

①「舒」，抄本同元刊明補本；薈要本、四庫本作「徐」，非。

小窖

冬陽暖透征衣燠，溪曲寬從水口開。夜半朔風吹月墮，臘寒還逐早潮來。

湯池

湯泉爲説盡唐庚，一脈温從地氣生。滌浄世塵初不汙，根源方信本來清。

甘蔗洲

山明溪静絶纖埃，望際川原四面開。忽訝兩涯風浪湧，舟人云是海潮來。

雨中江行望甘蔗洲

方舟摇颸櫓聲齊，細雨篷窗看岸移。望入蔗洲何眇靄，霧江平抹白煙凝。

懷安縣

縣依溪曲兩岡間①，翠竹晴沙轉雪灘。前去郡城饒候迓，官儀多是夢中看②。

【校】

①「間」，抄本同元刊明補本；薈要本闕；四庫本作「蟠」。

②「多」，抄本同元刊明補本；薈要本、四庫本作「都」。

總題

無窮山轉青龍峽，不盡溪蟠碧玉潀。西自鎮江南抵福，三千里路略相同。

義門任氏詩并序

燕雲風土雄碩，故其俗純厚，多以孝友稱。御史藺君寶臣屢談於余：「吾鄉有任著飛卿者，樂讀書。其家義風尤爲昭著①，至三世同爨，鄉鄰化而慕之。願得一言發越其微。」因賦二詩，于以見蒸蒸所自，且勉夫錫類不匱之心焉。

燕雲任氏世同居，和氣薰然樂有餘。春在紫荆庭樹底，緑陰初不見扶疏。

一門高義冠鄉鄰，累葉相承棣萼春。不學張公書忍訓，友于元自孝心純②。

【校】

①「義風」，抄本同元刊明補本；薈要本、四庫本作「風義」，倒。

②「自」，抄本同元刊明補本；薈要本、四庫本作「是」。

王惲全集彙校卷第三十一

七言絶句

遊福州東禪寺①

行春門外□□□，□□□□□□□。□□□□□□密，雨□□□□□□。

次韻安迓平章伯顏

絳旆銀笳□□□，□□□□□□□。□□□□□□□，又向風林□一斑。

浩然西歸圖並序

書□河□□□是卷相過，曰：「此西歸□□□□以一言見□。」因告之曰：「汝年□□□□□□□□□如詩也。」作二詩以□之。其辭曰：

彼邦此邑到猶吾，一木枝撑□強圖。若論大□□□志，□還方見賦歸歟。

中心操守介不易，時事行違勢使然。寬得一分民受賜，不應投劾即稱賢。

庚寅五月初迓屬官於梅亭馬上聞鷓鴣

接聯候騎轉郊坰，也似青山管送迎。馬上倏然長歎處，隔林遥聽鷓鴣聲。

光遠亭送李司卿效樂天體 亭在福州

五千里外無家客，六十三年有限身。牢落天涯已愁絶，更堪持酒送行人。

望鼓山泉流

鼓嶺青林欲盡頭，半崖渾作白煙浮。應知昨夜山中雨，石上寒泉散漫流。

【校】

①按：此卷元刊明補本第一葉實則爲卷三二第一葉，蓋卷目「第三十二」字漫漶不清，後人重描爲「第三十一」導致；卷三二第一葉則爲明補，内容與之同。弘治本此葉闕，《四部叢刊初編》影印時據宋賓王抄本補。薈要本本卷開頭依次爲《謝太傅安》、《豫讓邀襄子圖》、《酬温仲敬以櫻筍見遺》、《春睡起偶書西墅東軒壁》、《題嘉山段宜之讀書堂圖》、《墨梅偶賦》、《望鼓山泉流》等七詩，錯簡較為嚴重。四庫本本卷開頭依次爲《遊福州東禪寺》、《望鼓山泉流》等兩詩，《遊福州東禪寺》僅存詩題，《望鼓山泉流》之後内容與元刊明補本同。今據宋賓王抄本補此葉内容。

荔枝樓 在按察司

潭潭大府號澄清，一道綱維控八城。舊説憲僚憐夜宴，荔枝樓上月三更。

題米元暉楚江清曉圖

元暉筆力儘清雄，兩岸青山似越中。六鑿近年攘欲盡，蒼煙無復曉冥濛。

江邊墟落静荒煙，林隝依然井臼全。若比石壕更瀟灑，入山多避過都錢。

禽語自感

鷓鴣明呼行不得①，杜鵑切祝不如歸。長憐一鳥知幾早，苦戀明時日自譏。

【校】

①「明」，弘治本同元刊明補本；薈要本、四庫本作「行」，涉下而誤。

小樓晚眺

遠客逢秋苦憶家，小樓登眺日初斜。忽驚海上風來迅，吹亂鄰牆一架花。

白沙

漢舊名①

歸舟漾漾度林菲，兩岸芙蓉間木犀。最是遠遊堪記處②，一篙秋水白沙西。

天涯久客得還家，喜動秋風八月槎。絶似武陵回棹處，後山都被亂雲遮。

【校】

①「漢舊名」，抄本、四庫本同元刊明補本；薈要本脱。

②「遠遊」，抄本同元刊明補本；薈要本、四庫本作「遊蹤」。

岸宿閩清縣門

清江一曲抱城根，此夜孤舟宿縣門。已是客心幽迥處，更堪疏雨濕黄昏。

小管

水師横棹卧船頭①，三日風篷喜順流。縱使不攜西子去，煙鬟都是苧蘿秋。

【校】

①「船」，抄本作「舡」，同；薈要本、四庫本作「江」，非。

酬劉憲使仲脩嚴韻①

舟次建寧，書史孔元敬自浙東改任福唐，得憲使仲脩詩，因繼高韻爲答。孔字中卿②，係襲封元措行也。

來從海徼全閩地③，閱盡煙江疊嶂山。越橐不憂無重致，班超今喜得生還。

安嶺北遮千里目，全閩東掩萬重山。江花江草爭含笑，一事無成謾往還。

【校】

①「脩」，抄本同元刊明補本；薈要本、四庫本作「修」。按：劉仲脩，即劉永之，字仲脩，一作仲修。後依此不悉出校記。

②「字」，抄本同元刊明補本；薈要本、四庫本作「氏」，非。

③「來從」，抄本同元刊明補本；薈要本、四庫本作「從來」，倒。

夢筆山

異稟中來氣自豪①，先生藻思湧秋濤。斯文本逐年衰壯，取與何嘗有彩毫。

【校】

①「中」，弘治本、薈要本同元刊明補本；四庫本作「鍾」，聲近而誤。

題北苑亭柱

羈懷牢落獨登臺，幾被時人笑不材。只有青山最憐客，翠屏如畫四圍開。

贈相者雪庭東谷二絶

道人宛有雪山清，顧我眉毫近九齡。最喜一生心事好，又看黄色起天庭。

雪裏疏梅儘耐寒，功名都在晚年看。煩君與卜趣裝日，早晚孤舟發建安。

全氏小樓與南山相對殆几按間物也暇日觴予其上索賦鄙作因口占三絶句①

閭閻撲地不容閑，疊起重棚翠靄間。樓下市聲喧午枕，藥爐頭上看青山。

東籬遥見喜悠然，況在風煙咫尺間。滿勸銀杯留客醉，夕陽佳處鳥飛還。

南山秋色兩争高，終日相看不待招。一炷龍涎滿樽酒，安排詩思苦相撩。

【校】

①「按」，弘治本、薈要本、四庫本作「案」，亦可通。「三」，四庫本同元刊明補本；弘治本、薈要本作「二」，非。

過朱家府 并序

至元廿七年孟冬①，過朱家府，謁太師遺祠。瞻拜禮像，懷德不已，敬留四詩，付林、彬二孫，庶幾鑚仰意云②。晚進小子、汲郡王惲斂衽百拜書。

世仰遺祠愛及烏，不緣喬木緑陰餘。題爲通德猶膚淺，云是文奎所次墟。

濂洛尋源到聖功，八方吹偃舞雩風。一椽得近東家住，瓢飲肱眠樂在中。

金聲遺響已千年，聖道重光自子傳。不爲武夷山水窟，拏舟還艤杏壇邊。

神而能化自人存，毿毿凝旒以道尊。德澤未應移五世，青衫長見讀書孫③。

【校】

①「廿」，元刊明補本作「世」，形似而誤；薈要本作「二十」，亦可通；據弘治本、四庫本改。「孟冬」，元刊明補本、弘

治本、薈要本作「冬孟」，倒；據四庫本改。

②「庶幾鑽仰意云」，弘治本同元刊明補本；薈要本、四庫本作「庶幾見鑽仰之意云」。

③「衫」，元刊明補本、弘治本作「衫」，非；薈要本、四庫本作「山」，聲近而誤；徑改。按：「衫」，當爲「衫」之誤字；「衫」，亦當爲「衫」之形誤。作「山」者，蓋涉上字「青」多與「山」聯言而爲「衫」之聲誤。

張家灘在建陽縣南五里

張家灘下石縱横，舟楫經過與水争。行路險巇皆一例，溪聲何苦不平鳴。

武夷溪口謝諸生來迓

諸生濟濟半深衣，鞭馬來迎俟武夷。把酒向前争致語，精神全在去年時。

望武夷諸山

武夷山水儘清奇，石作龜麟玉作溪。望入神清虧一到，壁間空擬老歐題。

崇安道中

十月山間不覺秋，青林依舊鎖深幽。西風老卻黄雲稻，野水溝溝潤潤流。

贈石堂和尚

梅花樹下石堂僧，楚語咻咻碧眼稜。盛説補陀神力大，碧丹療疾百能徵。

道人來自武夷山，袖有千金起廢丹。專意濟人無所取，一年强半在崇安。

過大安嶺

愛山不厭入冥搜，薄霧空濛爲少收①。意似范寬誇老筆，亂峯明處露髻頭。

大安形勢鬱峥嶸，閩海東蟠未了青。往返兩回煙雨暗，不容詩筆寫真形。

前有羣狐後有豺，老懷悽斷嶺猿哀。此行可卜新年順，無是無非下嶺來。

萬里生還豈偶然，一聲長嘯下蒼巔。關頭若要留詩去②，記我今冬下嶺年。

下嶺人言出厄年，一杯湔祓瘴江煙。紫溪嶺下重回首，已勝班生到酒泉。

【校】

①「收」，弘治本同元刊明補本；薈要本、四庫本作「留」，非。

②「關」，弘治本、四庫本同元刊明補本；薈要本作「開」，形似而誤。

過稼軒先生墓

在鉛山州南十五里陽原山中廿七年歸自福唐作①

青銅三百了時文，大節知公在致君。朝野不應傳樂語，六宮春動鬱金裙。
相秦審勢不明理，坐使炎興失遠圖。力主備邊信大義②，先生真是孔明徒。
遺編三復美芹辭，睿眷曾蒙孝廟知③。黄壤不埋忠義氣，至今煙草見蟠螭。
老徽北狩七陵空，奉命南來見匪躬。誰遺廟謀空坐老，一椽精舍滯潮東④。
招提遺像見英材，喬木秋風過客哀。通曆縱令追削盡⑤，疊山文是漢雲臺。

【校】

①「歸」，元刊明補本模糊不清；弘治本、薈要本闕；據四庫本補。

②「信」，弘治本、薈要本同元刊明補本；四庫本作「伸」，亦可通。

③「廟」，弘治本同元刊明補本；薈要本、四庫本作作「廟」，亦可通。

④「滯」，弘治本、薈要本、四庫本作「帶」。

⑤「曆」，弘治本同元刊明補本；薈要本、四庫本作「歷」。

次鉛山示州尹杜君

西連兩廣天荒處，東接三山海盡頭①。喜見寬平風土美，鉛山今合作中州。

余去冬過此，今歲復由此北歸，觀其田里城居，比之前日精彩數倍。詢之，蓋侯杜新政之所致也②，喜爲留詩而去。

【校】

①「海」，弘治本同元刊明補本；薈要本、四庫本作「水」，非。

②「侯杜」，弘治本、薈要本同元刊明補本；四庫本作「杜侯」。

題寒碧井

在鉛山州東五里

寒泉湛碧石爲巖，鯨口長噴色更藍。六月行人方困暍，一杯冰雪蜜同甘。

沙溪道中

馬知驛近趨行迅，詩爲山奇捉句難。行過沙溪都忘卻，際空原野喜平寬。

喜得臺報

弓刀霜冷五更初，破睡無方有疾驅。不爲殘年誇老健，暫教粧點早行圖。

欲進行難愧素飡，當機坐視更何安？從今漸覺身心適，秋水鳴蛙不屬官。

下山風袖任披披，來路回看在翠微。貪戀紫溪山路峻，不知寒霧濕征衣。

玉溪登舟

捨鞍乘木玉溪煙，坐聽吴歌踏兩舷。東抵餘杭西自信，一千里路月明船。

食柑

黄柑香熟夜來霜，比似休官味更長。道出三衢冬十月，石塘林圃記初嚐。

夜發嚴州

亭亭白塔過嚴州，漫漫清江不盡流。慚愧釣臺臺上月，分光也照遠迴舟。

桐江待發

柁師說似小兒童，一覺平明意莫忽。待發桐廬遲是速，舟隨潮退疾如風。

夜過七里灘

都俞無幾已還山，自笑蹣跚老一官①。爲恐石壇松鶴笑，夜深舟過子陵灘。

【校】

①「蹣」，元刊明補本作「瞞」，形似而誤；據抄本、薈要本、四庫本改。

錢塘道中

長路人家不斷頭，富陽東下接杭州。如今不似勾吴日，猶自歌聲沸酒樓。

余自閩中北還舟行過常秀間卧聽櫂歌殊有愜余心者每一句發端以聲和之者三扣其辭語敷淺而鄙俚曾不若和聲之驩亮也因變而作十二闋且道其傳送艱苦之狀亦劉連州竹枝之意云

露華冷浥蒼山碧，江水平鋪素練光。半夜棹歌相應起，發揮無用詫鳴榔。

今秋湖濼兩相通，差遣雖頻力易攻。度險卻防連夜發，泝流還怕打頭風。

兩浙人稠不易安，少罹凶慊即流遷①。今年苦惱蘇常地，易子營生不計錢。

睡思朦朧苦未休，棹歌催發五更頭。兩盂悶飯無鹽菜，雨雨風風一葉舟。

朝來回棹喜空船，坐唱吴歌踏兩舷。淘米墩頭風浪起，最防吹入太湖煙。

中産攢來六七家，終年執役在浮槎。今年水滃田苗盡，少米争前乞使華。

水色山光不易吟，卻教欸乃發幽深。春陵不作吴兒事，道是雲山韶濩音。

咼江灘石苦經過，音節聽來噪未和。不似吴儂音韻美②，遺聲全是竹枝歌。

夢驚蓬底卧秋江，一句纔終和者雙。任使再歌聽未已，不知寒日上船窗。

幹當江南有許多，往還冠蓋似攛梭。因兹力役無朝暮③，欸乃翻成懊惱歌。

路長江闊霧煙埋，盡日長征帶夜開。記得往年從宦日④，被差冠蓋有時來。

迢迢江上亂峯青，路轉山回遠作程。來使共稱星火急，不容停待晚潮生。

【校】

①「慊」，抄本、四庫本同元刊明補本；薈要本作「歉」，亦可通。後依此不悉出校記。

②「儂」，元刊明補本作「穠」，聲近而誤；薈要本作「濃」，聲近而誤；據弘治本、四庫本改。

③「朝」，元刊明補本、弘治本闕；據薈要本、四庫本補。

④「從宦」，元刊明補本、弘治本闕；據薈要本、四庫本補。

水仙萱草二詠 并序①

予行次赤岸②，兩浙憲司屬吏侯仲卿拏舟自杭追余四十餘里。及之，拱立水次，致紫山之意，仍索賦《水仙》、《萱草》二詩③。詢渠別有何故，曰：「無有。」予笑曰：「澹癡好名有如是者。」遂書三絶以付。時至元二十七年冬十月二十二日也。

片帆歸自海東頭，何限煙江疊嶂愁。展放畫圖還一笑，世間名品果忘憂。

緑萱不得獨忘憂，江草江蘺總帶愁。若使花神真解事，一枝金鳳也垂頭。

雪作肌膚翠作裙，凌波微步襪生塵。筆端欲見錢郎意，重爲陳王賦洛神。

【校】

①「三」，元刊明補本、弘治本、薈要本作「二」，據四庫本改。

②「岸」，弘治本同元刊明補本；薈要本闕；四庫本作「城」。

③「二」，弘治本同元刊明補本；薈要本、四庫本脱。

望歌風臺

西風殘照舊山河，故國遺臺憶獨過。四百威靈歸寂寞，斷碑猶記大風歌。

漢家豐沛有周邰，四百炎輝自此開。舉目不瞻龍虎氣，寒鴟翻日上荒臺。

奉春一説即西行，百二江山敞帝京。不似楚人無遠略①，錦衣東帝詫韓生。

【校】

①「略」，元刊明補本作「路」，形似而誤；據弘治本、薈要本、四庫本改。

石勒問道圖

位號真來變故多，溥天無地不干戈。養成豺豕蕭牆禍，更向伊蒲問甚麽。

題范亞父增墓

在徐州城南臺頭寺下大塚

劍舞鴻門失此機，重瞳成敗可前知。猜嫌只待捐金後，決意東歸去已遲。

單父琴臺

武侯治蜀毋輕赦，宓子彈琴不下堂。風俗變移難復古，後人爲政貴論量。

讀佛圖澄傳

慧眼前窺事有徵，最慈祥是戒淫刑①。阿師更欲矜神異，塔上風鈴要細聽。

【校】

①「戒」，弘治本同元刊明補本；薈要本作「我」，形似而誤；四庫本作「化」。

雪漲千山圖

六合雲同雪自寬，千山都變玉孱顔。限量不似年來雨，多處淋淫儉處慳。二月廿一日①，河南雨三尺，河北全無。

【校】

①「二」，元刊明補本、弘治本闕；據薈要本、四庫本補。

喜周宰來居

友道年來棄若泥，白頭傾蓋似新知。短轅塵尾關渠甚，誚殺當年蔡克兒。

筋力覺衰防酒困①，生涯從澹願詩工。尚憐繆誤今何幸，長在周郎顧盼中。

吾友西歸喜可知，殘年心事得追隨。朝來僦舍清談久，憶得西齊共被時②。

諸子當年甫冠昏③，執經同在鹿庵門。相逢正有謀生急，裂月撑霆不要論。

嚴風夜發雪初霏④，踏雪攜壺扣夜扉。長記孔門多樂事⑤，共披風袖詠而歸⑥。

泉水思歸有故交，共山無地可誅茅。羡佗僦舍同來燕⑦，終日銜泥補舊巢。

周兄所至號能官，既幹而清事更難。昨日借車還故里，囊空留得一錢看。

一别淇南又十春，此回相見更情親。河山不隔黄壚斷，屈指同游有幾人。

翻雲覆雨到澆漓，長愛吾周重所持。四十五年同一日，物情心事兩相知。

人生七十一衰翁，比老能閑樂事融。着手不遮西去日，閉門同卧北窗風。

山陽高興在雲林⑧，痛飲狂歌總賞音。四十五年雖轉首，白頭同賦故山吟。

柱頭化鶴千年事，松下懷人一聚塵。撥置老懷休悵惋，且來同醉酒壚春。

纔沾公禄能餬口，縱得居官奈老何。暫借麯生供日事，何嫌酤釀近林婆。

【校】

①「防」，弘治本、四庫本同元刊明補本；薈要本作「傍」，聲近而誤。

②「齊」，弘治本同元刊明補本；薈要本、四庫本作「齋」，亦可通。按：齊、齋，古今字。後依此不悉出校記。

③「昏」，弘治本同元刊明補本；薈要本、四庫本作「婚」，亦通。按：昏、婚，古今字。後依此不悉出校記。

④「嚴風夜」，元刊明補本、弘治本闕；據薈要本、四庫本補。

⑤「樂事」，元刊明補本、弘治本闕；據薈要本、四庫本補。

⑥「共」，元刊明補本、弘治本闕；據薈要本、四庫本補。

⑦「佗」，弘治本、薈要本同元刊明補本；四庫本作「他」，亦可通。後依此不悉出校記。

⑧「雲」，元刊明補本、弘治本作「筠」，據薈要本、四庫本改。

過郝教授子貞故居三首

雲際曾瞻處士星，竹間無復草堂靈。唤回三十年前夢，壓酒槽邊寫六經。

一言抛卻羽人冠，長喜先生不遠還。故隱只今誰作主，詩瓢空挂百門山。

平生詩卷幾牛腰，身後遺文便寂寥。事業文章元有分，自餘辛苦枉相撩。

回河

常年動磑踰三月，孟夏中旬見稻芽。今歲使君先玉食，清明分水與農家。

題胡笳十八拍圖

漢世婦人傳家業、善文辭者，前曰班氏，後稱文姬。琰不幸遭亂失身，悲憤知耻①，至發而爲辭章者而已②。如是，在東漢文章清而不俚者也。其音調悽楚，緣琴翻聲，律協笳拍，而於音學曲盡窈渺，可謂不墜中郎之業矣。今觀是圖，其情義相牽、不克自制之懷，猶可想見於當時也。此辭即唐劉商所作，作以七言較之③，益無疑矣。因題五詩于後，騷人擬之之意云④。

畫卻春山理素琴，翠簾香鎖落花深。豈知中有胡笳恨，吹折關山一寸心。

胡笳翻曲太含情，不道倉皇義重生。舊怨未平新恨疊，雁聲纔罷又邊聲。

乾翻坤覆困蛇龍，女子柔柬鮮克終。全着靡佗論蔡琰，不知何地置楊雄⑤。

憔悴風沙十二年，得歸情義轉相牽。董郎庭户雖依舊⑥，已是蘭摧白露前。

才慧其如薄命何，猶能知恥見悲歌。寥寥誰謂千年後⑦，得續離騷幸儘多。

【校】

①「悲」，弘治本同元刊明補本；薈要本、四庫本作「發」，非。

②「辭」，弘治本、四庫本同元刊明補本；薈要本作「詞」，亦可通。

③「作」，弘治本、薈要本、四庫本脱。

④「騷人擬之」，抄本、薈要本同元刊明補本；四庫本作「擬之騷人」。

⑤「楊」，抄本同元刊明補本；薈要本、四庫本作「揚」，亦可通。

⑥「依」，元刊明補本、抄本作「啓」，聲近而誤；據薈要本、四庫本改。

⑦「謂千年」，元刊明補本、薈要本闕；四庫本作「識班姬」；據抄本補。

跋徽宗畫兔

格物心存養聖功，老徽游藝眩青紅。四靈瑞世渠何有①，也在君王物色中。

【校】

①「有」，元刊明補本、抄本作「者」，形似而誤；據薈要本、四庫本改。

牧牛圖

垂紖徐行信自如，一揮鞭策見齊驅。近來不似圖中看①，旱塊敲蹄百草枯。

青青春草滿郊原，放飽歸時不用牽。何似人牛俱不見，碧天明月静娟娟。

緑楊堤岸曉風清，碧草陂塘暮雨晴。村落近年乾旱損，卻將圖畫看升平。

兩童相顧意何爲，猶恐渠飢趁草歸。一道牧民無所事，處心專在當家肥②。

飽耕飢放事年年，放去收來任自然。莫訝兩童無所識，至今牛背是堯天。

【校】

①「看」，抄本同元刊明補本；薈要本、四庫本作「況」。

②「專在當」，抄本同元刊明補本；薈要本、四庫本作「當在趁」，非。

跋徽宗畫馬圖

爲愛瑶池噴玉龍，麝煙移入畫圖中。宣和殿上揚休處，忘卻熙河汗馬功。

問雨

六月五日雨三寸

前日西村雨有餘，東村曾不少霑濡。望中雲氣西南重，爲問村東果有無①。

從來暑雨多隔轍，且喜一概蘇焦枯。敲蹄旱塊如盆火，爲問秋田勾得無。

連日甘霖遍四周，蘊隆都在郡城□。□來□雨千門裏，旱火無光澮欲□。②

【校】

①「東」，抄本、薈要本同元刊明補本；四庫本作「東」，形似而誤。

②「連日甘霖遍四周，蘊隆都在郡城□。□來□雨干門裏，旱火無光澮欲□」，薈要本同元刊明補本作「近日甘霖遍四周，□隆都在郡城□。□□□□□□□，□火無光澮□□」；四庫本闕；據抄本補。

跋武陵圖

淵明高興託冥鴻①，流水桃花事本空。好笑武陵狂太守，謾回煙棹月明中。

【校】

①「淵」，元刊明補本闕；據抄本、薈要本、四庫本補。

題數學鄭斗南詩卷

洛圖河數發天機，萬彙中來理莫違。卻有一言煩説似①，貴人何廣福人稀。

數學規模自易齋，不煩衰薄究予懷。朝家謀斷須房杜，早晚相攜上太階②。

【校】

①「似」，抄本同元刊明補本；薈要本、四庫本作「作」。

②「太」，抄本同元刊明補本；薈要本、四庫本作「泰」，亦可通。

巢父飲牛圖

巢由真隱本同儔，細論吾巢節更優。老牸渴來何所擇①，徑須牽避是非流。

【校】

①「牸」，四庫本同元刊明補本；抄本、薈要本作「犉」。

靈照度丹霞圖

衆生種業到無該，愛海沉迷喚不迴。對證處方唯一捨，不應真假比如來。

西江萬有已沉沙，更有何心到散花。很似入門三十棒①，款將一語了丹霞。

性定情移逐物開，力能剛制見英才。金沙灘畔風流骨，恐是逢場作戲來。

克己先論定力優，後從屋漏驗清修。禪家多少閑拈弄，糞埽堆頭覓悟頭。

【校】

①「很」，抄本、薈要本、四庫本作「狠」，亦可通。

和彦正憲使寄周宰詩韻且酬前日見贈之什

紛紛黨議到無如，常愛林宗智有餘。金谷聚文潘在數①，一生空枉賦閑居。

自憐處事太遲回，幾被傍人笑懦哉。勘破南華山木喻，支離甘作散樗材。

山陽水竹接雲莊，真是閑人避世鄉。殺馬毁車渠莫訝，風波平地更羊腸。「殺馬毁車」，東漢馬良事。

故舊追歡不厭頻，甚時王翰作比鄰。相看比老都能幾，猶作離羣索處人。

時與心違儘倒顛②，且將書史度殘年。樂天仁厚知幾遠，好箇香山獨往篇。

【校】

①「文」，元刊明補本、抄本作「蚊」，聲近而誤；薈要本、四庫本作「交」，形似而誤；徑改。

②「儘」，抄本同元刊明補本；薈要本、四庫本作「真」。

佳人倚竹圖

失路青雲恨未深，更堪空谷日幽沉①。天寒翠袖相依處，卻是琴中對竹心。

【校】

①「堪」，抄本同元刊明補本；薈要本、四庫本作「看」。

和幹臣詩韻六首

清江百折萬重山，倦鳥翩翩不易還①。有客又來詢動静，不知馮道已癡頑。

一雨蕉黄荔子丹②，去年今日宴東山。山僧勸酒賓僚唱，醉裏肩輿月下還③。

樓閣三山景氣鮮，萬家簾映荔枝妍。紅雲酒美香粳滑，只枉風煙是海邊。

泉石鷗盟尚可尋，老懷其奈世緣深。將詩細嚼要予和，有酒深藏待子斟。

吾儕從事思行道，尺未容伸已枉尋。不若將心隨所好，物情明見古猶今。

人生兩足無不到，去歲天涯今故山。古語在家貧亦好④，更憐吾子適東還。

【校】

①「烏」，抄本、四庫本同元刊明補本；薈要本作「翮」，非。

②「蕉」，元刊明補本、抄本作「焦」，據薈要本、四庫本改。

③「輿」，四庫本同元刊明補本；抄本、薈要本作「舁」，亦可通。

④「好」，元刊明補本闕；據抄本、薈要本、四庫本補。

復用苦齋韻作五詩以自警

剽竊詞章笑自如，何曾經旨醉三餘。卑凡自處有如此①，誰復如軻以聖居。

終日如愚莫哂回，克先復後並生哉。從初一着高空上，即是盆成死矣才。

學須一念主端莊，漸次通融理義鄉。況是四端生已具，幾曾由外貯肝腸。

濂洛諸儒問答頻，道雖未富亦其鄰。異時酬酢無窮變，不比禪林面壁人。

刺口高談慢聖顛，人心能淑變堯年。孔門多少齋心學，見用還存問政篇。

【校】

①「卑」，抄本同元刊明補本；薈要本、四庫本作「早」。

四月廿六日西溪睡起

城居喧隘一蛙坑，乍到郊墟眼倍明。濃睡覺來村塢静，緑楊深處栗留聲。

灌園

倚鋤看水立斜陽，愛殺春風菜圃香①。自笑老饕須肉飽，卻思奇策出蔬腸②。

【校】

①「愛殺」，抄本同元刊明補本；薈要本作「閒愛」；四庫本作「最愛」。

②「策」，抄本同元刊明補本；薈要本、四庫本作「客」，非。

馬歎

足輕行穩不揚塵，種性來從野馬羣。昨日緑楊亭下路，郡人争羡五花文。

市來一馬性馴良，竹耳雙批禿尾蒼。笑殺養生王武子①，辨教銅歷葬人腸②。

【校】

①「生」，抄本、薈要本同元刊明補本；四庫本作「牛」，妄改。

②「辨」，抄本同元刊明補本；薈要本、四庫本作「便」。「歷」，抄本同元刊明補本；薈要本、四庫本作「鬲」。

擊壤

軒軒旱塊大於盆，朴擊都教細作塵。便覺望中心眼静①，夕陽原隰看昀昀②。

【校】

①「望中心眼」，元刊明補本、薈要本、四庫本闕，據抄本補。

②「夕」，抄本同元刊明補本；薈要本、四庫本作「少」。

老子過關圖　韓虬筆

論道休將坐井觀，逢時爲用見真筌①。漢家注措纔糟粕，嘉靖寰區近百年。

柱下潛輝迹已賖，青牛苦要渡流沙。料應紫氣浮關後，夢繞春風巨勝花。

【校】

①「筌」，抄本、薈要本同元刊明補本；四庫本作「詮」，亦可通。

贈武昌相士秋雲

羨君兩眼明如鏡，萬事都歸一盼中。自笑本無食肉相，虛名空似豹林种。

扣門有客號秋雲，偶與微言最近真①。過眼無窮軒蓋士，急流中退果何人。

品彙雖殊智欲周，江南江北去悠悠。多應未遇商巖叟，點破長空萬里秋。

【校】

①「與」，抄本同元刊明補本；薈要本、四庫本作「弄」。

跋漆園田氏手澤

金源取士自科文，臺閣公卿半鳳麟。後進且休輕訾議，試從田氏看潛珍。

跋顧虎頭所畫謝安東山像

出處當年繫重輕①，枉將浮議論蒼生。異時兩袖東山雨，待與君王洗甲兵。

【校】

①「出」，抄本同元刊明補本；薈要本、四庫本作「幽」。

跋香林先生顛草①

涪翁醉草甘露帖，勢與江山争長雄。幾世幾年當復得②，香林筆底有遺風。

嘗愛《甘露詩》，草聖筆勢縱横，破碎陣敵。今觀香林先生遺墨，得涪翁步驟爲多，具眼者當知余言爲不妄③。南鄘王惲斂衽書，至元元年④。

【校】

①「跋香林先生顛草」，四庫本、弘治本同元刊明補本；薈要本是詩後序脱。

②「當」，抄本同元刊明補本；薈要本、四庫本作「争」。

③「知余言爲不妄」，元刊明補本闕；四庫本作「自識之」；據抄本補。

④「南鄘王惲斂衽書」，元刊明補本、四庫本闕，據抄本補。「至元元年」前當有闕文。

魯義姑祠

在太山南三十里至元元年予自孔林抵奉高道出祠下作①

泰山南下魯姑祠，三復殘碑有所思。莫道當時無義戰，一言從此退齊師。

【校】

①「魯義姑祠在太山南三十里至元元年予自孔林抵奉高道出祠下作」，元刊明補本闕；薈要本是詩漏收；四庫本

作「魯義姑祠」，據抄本補。正文元刊明補本、四庫本作「□□□□□□□□，□□□□有所思。莫道當時無義□，□□□□□□□。」據抄本補。

太一宮壁間四題①

【校】

①「太一宮壁間四題」，四庫本同元刊明補本作「□□□□間四題」；薈要本脱；據抄本補。正文諸本俱闕。

謝太傅安

勝負胸中料已明，又從堂上出奇兵。怡然一笑文楸裹，未礙東山是矯情①。

【校】

①「礙」，四庫本同元刊明補本；抄本、薈要本作「擬」，非。

周將軍顗①

譽望江東注伯仁②，茂弘中忮本辜恩③。異時淚洒中書疏④，空慰將軍石上魂。

【校】

①「周將軍顗」，元刊明補本作「周將軍□」；四庫本作「周將軍」；薈要本漏收。據抄本補。

②「譽望」，元刊明補本闕；四庫本作「肯向」；據抄本補。

③「辜」，抄本同元刊明補本；四庫本作「孤」，亦可通。

④「疏」，元刊明補本闕；四庫本作「省」；據抄本補。

高司空充①

怒激龍顏震電威②，伯恭持正見臨危。挺然不應前星對③，大節人臣要不欺④。

【校】

①「高司空允」，抄本、四庫本同元刊明補本；薈要本是詩闕。

②「怒激」，元刊明補本闕；四庫本作「獨抗」；據抄本補。

③「對」，元刊明補本闕；四庫本作「教」；據抄本補。

④「大節」，元刊明補本闕；四庫本作「只道」；據抄本補。

王丞相猛①

人物當年北海螭②，對談捫蝨果何爲？華陽未入君王夢③，袖裏風雲只自知④。

【校】

①「王丞相猛」，抄本、四庫本同元刊明補本；薈要本是詩闕。

②「人物」，元刊明補本闕；四庫本作「笑傲」；據抄本補。

③「夢」，元刊明補本闕；據抄本、四庫本補。

④「袖」，元刊明補本、弘治本闕；四庫本作「就」；據抄本補。

謁玉泉真像五首①

平生幾讀九山碑②，管葛襟期漢相規。思欲執鞭那可得③，徘徊松下獨來時④。

濟世安民五十年⑤，後人經濟渺難攀。須知浴日回天手⑥，不在區區薄領間⑦。

雲雷天地見經綸，千古麒麟事業新⑧。康節有言真理到⑨，伊周元不是庸人。

丞相祠堂憶重尋，幾年西崦柏森森。入門再拜夫人表，忘卻登山力不任。

總道書生吏事疏，米鹽無術應時須。試看中統元年事，濟濟朝廷半老儒⑩。

【校】

①「謁玉泉真像五首」，四庫本、抄本同元刊明補本；薈要本是詩闕。

②「平生」，元刊明補本闕；四庫本作「昔年」；據抄本補。

③「得」，元刊明補本闕；據抄本、四庫本補。

④「徘徊」，元刊明補本闕；據抄本、四庫本補。

⑤「濟世安」，元刊明補本闕；據抄本、四庫本補。

⑥「手」，元刊明補本闕；據抄本、四庫本補。

⑦「不在區區薄」，元刊明補本闕；四庫本作「只在丹崖翠」；據抄本補。「領」，弘治本同元刊明補本；四庫本作「嶺」，亦可通。後依此不悉出校記。

⑧「雲雷天地見經綸，千古麒麟事業新」，元刊明補本作「□□□□□□□，□□麒麟事業新」；四庫本闕。據抄本補。

⑨「康節有言真理到」，元刊明補本作「□□有言□□到」；四庫本闕；據抄本補。

⑩「濟」，弘治本同元刊明補本；四庫本作「得」。

豫讓邀襄子圖①

智氏頭顱到溺旋，趙襄謹避墮空然。若圖伯也非常報，合有嘉謀在死前。

一言感激命爲輕，九死酬恩不爲名。千古晉陽橋下水，不應嗚咽恨無成。

【校】

①「豫讓邀襄子圖」，四庫本、弘治本同元刊明補本；薈要本「豫讓邀襄子圖」、「酬温仲敬以櫻筍見遺」、「春睡起偶書西墅東軒壁」依次在「謝太傅安」後。

酬温仲敬以櫻筍見遺

四月人間櫻筍扃①，喜將二物特相遺。故家風味依然好，獨有温郎是素知。

【校】

①「扃」，弘治本同元刊明補本；薈要本作「熟」；四庫本作「時」。

春睡起偶書西墅東軒壁

留連春色花陰蝶，斷送林歌雨柳鶯。更愛静中消遣處，春愁滴破聽槽聲。

題王明村老黄店壁八絶

壬辰歲三月廿五日葬曲山回作①

西山千疊玉稜層，踏雪當年過五陵②。破帽不知風力緊，夜窗歸趁讀書燈。

荒荒野日店東西③，路入蘇門草樹低④。記得鹿庵傳授日，饐瓜亭上識西溪。

今年上廟客紛紛，賸具黄粱與酒樽。白髪故人渾不見，青衫多是子和孫。

曲山靈柩夜來過，腸斷春風薤露歌。同輩眼中多顯達，一生心事最蹉跎。

危嶺南蟠縮尾尻，伍城東望俯坑壕。蹇驢馱過王明店⑤，陡覺西山百倍高⑥。

古槐盤石緑陰垂，下馬行人倦午馳⑦。每過黄翁閑話舊，停驂長到日西時⑧。

中陽川迥屬新中，店舍初開映棘叢。四十九年纔一瞬，黄郎今日老黄翁。

筠林同業憶當初，幾醉黄翁舊酒壚。鄰笛聲中何限恨，不堪零落曉星孤。五五今獨予在⑨。當時同門者十三四人，止有李士觀、傅士開⑩。

【校】

①「王明」，弘治本同元刊明補本；薈要本、四庫本作「玉明」。按：下同。「壬辰歲三月廿五日葬曲山回作」，元刊明補本、弘治本作「壬辰歲三月廿五日葬曲山回作」，夾注文字誤入詩題；薈要本脱；四庫本作「壬辰歲三月廿五日葬曲山而作」，非；徑改。

②「五」，弘治本同元刊明補本；薈要本闕；四庫本作「灞」。

③「日店」，弘治本同元刊明補本；薈要本、四庫本作「店日」。

④「門」，弘治本同元刊明補本；薈要本、四庫本作「林」。

⑤「駃」，弘治本、薈要本同元刊明補本；四庫本作「駝」，亦可通。按：駝，通駃。作「駝」者，蓋「駃」之聲誤。後依此不悉出校記。

⑥「西」，弘治本、四庫本同元刊明補本；薈要本作「四」，形似而誤。

⑦「馳」，弘治本、四庫本同元刊明補本；薈要本作「駝」，亦可通。

⑧「停」，弘治本、薈要本同元刊明補本；四庫本作「亭」，亦可通。

⑨「五」，弘治本同元刊明補本；薈要本、四庫本作「丑」。

⑩「開」，弘治本、薈要本同元刊明補本；四庫本作「閈」，形似而誤。

秋日即事

風軒兀坐髮鬅鬙，涼入簷花露氣凝。詞客感秋驚歲暮，半生虛負讀書燈。

題嘉山段宜之讀書堂圖①

山水雖佳以士名，誦聲曾動草堂靈。至今松桂林中夢，不識無禾養百齡。

【校】

①「題嘉山段宜之讀書堂圖」，四庫本、抄本同元刊明補本；薈要本是詩及「墨梅偶賦」在本卷卷首「春睡起偶書西墅東軒壁」後。

墨梅偶賦

梅華天質本紅黃①，玉潔冰清徹骨香。近爲世間貪墨客，硬隨時世作新粧。

【校】

①「華」，元刊明補本作「葉」，形似而誤；據抄本、薈要本、四庫本改。

王惲全集彙校卷第三十二

七言絶句

詠早梅四首 招曲山同探①

早梅香信臘前開，竹外横斜映野臺。待着一杯相慰藉②，約君同往肯前來。

松風亭下一樽開，終日裴徊醉竹臺。霑帶冷香歸去晚，夜深猶傍枕邊來。

花開花謝催人老，花本無心人自哀③。折得一枝香在手，且分春色入城來。

梅花風韻不凡才，冰雪方凝始見開。任使和羹無翠實，等閑斤斧不爲災。

【校】

①「詠早梅四首招曲山同探」至「詠梅」前三首，元刊明補本、弘治本卷三一卷亦有，此屬重出，但偶有微殊，此照録。「詠早梅四首招曲山同探」，元刊明補本、弘治本、薈要本夾注文字皆誤入正文；四庫本作「詠早梅四首」，脱；徑改。

②「着」，抄本同元刊明補本；薈要本、四庫本作「看」，形似而誤。「杯」，抄本同元刊明補本；薈要本、四庫本作「林」，形似而誤。

③「本」，抄本同元刊明補本；薈要本、四庫本作「木」，形似而誤。

夢酒張鍊師

道人屍解柏陰臺，三尺瑶鐫卧緑苔。昨夜月窗清夢底①，分明霑醉謝文來。

【校】

①「夢底」，抄本同元刊明補本；薈要本、四庫本作「底夢」，倒。

題劉總管宅御愛峯

太湖清潤岱宗雄，金宇宣和第一峯。絶似水晶宫裏看，一堆寒碧玉玲瓏。

詠梅

銅切塗黄點酪酥，細薫婆律發温鑪。老夫鼻觀多知見，不用燈前問玉奴。

一脈陽和擅獨根①，滿枝金蕾鎖春温。惜花人老情縁在，翦斷春風倩女魂。

尚愛梅君似細君，題詩重過去年門。經年不見春風面，爲恐啼痕似蠟痕。

梅花開在百花前，苦節貞心只自憐。縱使孤根有餘暖，强顔於世爲誰妍②。

爲愛梅花徹骨清，冷香能幾謾含情。春風果有和羹用，未害肝腸似廣平。

江路吟看發興長，西湖浮動月昏黄③。泠香本是幽人供，枉自疏籬比玉堂。

日日雙鉼換水温，爲憐幽谷似佳人。夜來紙帳青燈夢，繞遍羅浮樹下春。

蠟削肌膚玉作顔，淡粧終不入時看。苦吟正有西湖老，凍繞枯枝賞歲寒。

芳叢百繞問花開，夢在仙人萼緑臺。爲報主人多置酒，臘前冬後約重來。

我識西湖處士心，一生梅竹是知音。誰知二百餘年後，又見諸孫鶴在陰。

【校】

①「擅」，元刊明補本、抄本作「檀」，據薈要本、四庫本改。

②「强」，抄本同元刊明補本；薈要本、四庫本作「玉」。

③「動」，元刊明補本、抄本作「重」，據薈要本、四庫本改。

偶題記參政飛卿語

睡起東齋日上窗，醉扶頭罷炷爐香。似勝東里金華相①，夢繞鐘聲入省堂。

【校】

①「似勝東里金華相」，抄本同元刊明補本；薈要本、四庫本作「似勝東華相里□」。

曲山見示古雪詩云盡道豐年瑞豐年瑞若何長安有貧者爲瑞不宜多曲山反其意又和瑞尤多一絶云人言盡道豐年瑞其奈無衣貧者何曷若方春發生際不愆時雨瑞尤多予細思之古詩雖如此似不若少陵無食思樂土無衣思南州哀而不怨也因繼韻爲解嘲云①

暑雨祁寒俱致怨，老天造化合如何②？麐經才筆冬無雪③，卻恐吾儕怨更多。

【校】

①「爲瑞」，抄本、四庫本同元刊明補本；薈要本作「宜瑞」，涉下而誤。「曲山」，抄本同元刊明補本；薈要本、四庫本作「西上」。

②「老天造化合」，元刊明補本作「□□□化□」；薈要本、四庫本作「無私造化待」；據抄本補。

③「麐經才筆冬無」，元刊明補本闕；薈要本、四庫本作「呈祥剛道豐年」；據抄本補。

題竹林七賢詩 并序

竹林七賢觀今爲長春别館，昔誠明張真人嘗集諸公題詠，欲刊置祠下。迨至元辛卯，練師劉文甫始遵命以紹宿志①，求詩於予，且誌其刻名本末，用題于右②。凡得詩若干首，始於王文康公，終之鄙作。非敢先後之，蓋因其所書之次第焉。使後之觀者詠詞懷舊，得信高風絶塵之想云。秋澗序。

漠漠�林指舊棲，幾年於此避危機。奇才最惜嵇中散，空聽鸞音月下歸。

談玄高出萬物表，七子風流有典刑。三十年間凡五過，塵容漸愧草堂靈③。

竹林高卧世稱賢，隱放看來未中權。千古歸潛書法在，一迴來讀一翛然。

作者當年亦七人，粗聞名姓孰能親。山王首作彈冠舉，卻恐�林是要津。

嵇中散

識短材長蓄禍機，放懷獨惜養生嵇。後人莫坐談玄罪，秋水篇中物物齊。

粉飾青黄乃木災，當年中散固奇才。高風不逐鸞音去，柳下奚爲打鍛來。

阮步兵

口腹無嫌乞步兵，蝨藏裩絮又堪憎。浪爲廣武山頭嘆，尺鷃胡能況大鵬④。

王司徒

兩篚收來蔽以身，不應顔面愧佳賓。燈前手執牙籌筭，枉對河山説隱淪。

山吏部

從來吏選苦紛紜，過眼羣材得所甄。若論雅懷關得喪，山公於晉是能臣。

劉參軍

荷鍤隨埋見性真，等閑談笑解時嗔。竹林七子多沉酗，醉裏乾坤獨可人。

向散騎

心醉玄談外此形，自知中有未忘情。異時未達堯心對，枉泥南華與理爭。

阮始平

禮法疏來萬事沉，琴心鍾律是知音⑤。聖門論樂中和止，不似吾威到樂淫。

【校】

①「練」，抄本同元刊明補本；薈要本、四庫本作「鍊」，非。按：鍊，鍊之訛字。鍊師，同練師。

②「右」，抄本同元刊明補本；薈要本、四庫本作「石」，形似而誤。

③「漸」，抄本同元刊明補本；薈要本、四庫本作「慚」。

④「胡」，抄本同元刊明補本；薈要本、四庫本作「何」。

⑤「琴」，元刊明補本、抄本作「娛」，據薈要本、四庫本改。

題范文正公真像

岳記梁碑冠古今，當時文筆見忠忱。細思後樂先憂説，士子今誰抱此心。

題長沙醉草圖

萬有龍蛇落筆端，滿堂風雨夜深寒。書家最是通神處，疊指懸鋒不作難。

堂堂萬里長沙陣，曾與張顔角長雄。信道書家同一紐①，提鋒應解入神功。

【校】

①「紐」，元刊明補本闕；薈要本、四庫本作「法」；據抄本補。

又題謝東山

江東全倚謝家安，雅量形容對奕間①。勝負胸中成竿了②，風聲何賴八公山。

【校】

①「奕」，抄本、薈要本同元刊明補本；四庫本作「弈」，亦可通。後依此不悉出校記。

②「成竿」，元刊明補本闕；薈要本、四庫本作「前定」；據抄本補。

題家藏顧虎頭畫謝安曳杖圖

一枰初散竹間棋①，杖屨歸來喜可知。欲見虎頭無盡意，捷音讀罷到門時。

【校】

①「棋」，抄本同元刊明補本；薈要本、四庫本作「碁」，亦通。

獅猫

何年變體自條支，錦爛修毛見兩耏。夢裏鼠山京觀了，午欄花影淡離離。

和苦齋見寄嚴韻

不才自分賦閑居，薄有山田與敝廬。鄭重漢庭楊得意，薦賢心也到相如。

兩首詩來以動言，徵車早晚出山門。苦齋刋落紛華盡，獨有忠君一念存。

病裏行藏未易言，夢中待詔望金門①。回頭碌碌因人去，自笑張儀舌謾存。

【校】

①「金」，抄本同元刊明補本；薈要本、四庫本作「君」。

題日者壁

三尺神鈴手内提，看來萬命幾曾齊。百錢餬卻談天口，一片風簾日未西。

乾坤一氣本中和，其奈人情六鑿何。帝道已還皆末劫①，不須苦泥貴人多。
當年卜隱不明誰，四相行藏見側微。從此閉門終寂寞，老天似厭太知機。
星槎遠泛斗牛杓，萬里歸來齒髮凋。碌碌又教攀附去，不知何有補清朝。
鍛煉五行分造化，斟量四柱別公卿。百錢贏得生涯了，一片風簾任晦明。

【校】

①「末」，元刊明補本作「未」，據抄本、薈要本、四庫本改。

喜彦祥西還故里①

千里西還已五年，枝巢雖在不勝寒。半生歷試何清慎，依舊春風苜蓿槃。

【校】

①「西」，抄本同元刊明補本；薈要本、四庫本作「生」，非。

寄苦齋老友

今年一病到龍鍾，遲速前驅有不同。健羨苦齋攀附意，秋風雙翮欲摩空。

題何練師又玄堂

大道難名説又玄，取爲堂扁示蹄筌。函關紫氣經臺月，又見先生一再傳。

題眼科杜金山卷

白日青天墮晦冥，百年未滿若爲生。金篦一刮神光爛①，此藝争傳杜氏精。

心火燔空水下濡，外腴中涸已堪吁。雙眸毦毦青燈底，忍更看書似老奴。自戒。

【校】

①「篦」，元刊明補本、抄本作「鎞」，非；薈要本、四庫本作「鑱」，形似而誤；徑改。按：作「鎞」者，蓋涉上字「金」而偏旁類化；作「鑱」者，蓋「鎞」之形誤。

過王化店

王化崗頭四望開，西山吹盡凍雲埋。東風借暖憐衰老，滿馬晴暉曝背鮐。

羣鼠盜茄圖

食飽官倉到酪蘇①，嗜甘不計首深濡。丹青似見公儀意②，紅女園蔬戒併圖。

【校】

①「酪」，抄本同元刊明補本；薈要本、四庫本作「落」，亦可通。

②「儀」，元刊明補本闕；據抄本、薈要本、四庫本補。

題閑閑種德堂記後

轉折掉躧，軒豁頓挫，態度不同，乃猶人面，要能自成一家爲貴。予於公書亦然。□□□□□□香色臭味而荔實爲美。推類至極，須以江瑶爲比者，豈易牙雋永而當然之理固如是乎？

斯文斯翰兩翩翩，與試稱量孰可肩①。一贊吕温真傑作，更開生面到凌煙。

【校】

①「量」，抄本同元刊明補本；薈要本、四庫本作「名」。

倦書圖

書貴凝思在筆前，欲揮還止想翩翩。畫師若作行雲了，妙與天機兩索然①。

【校】

①「與」，抄本同元刊明補本；薈要本、四庫本作「興」，形似而誤。

題洛神賦畫後

凄斷西陵松柏聲，將身自試謾爲情。陳王正自無聊賴①，流眄川妃欲目成②。

【校】

①「自」，抄本同元刊明補本；薈要本、四庫本作「是」。

②「眄」，元刊明補本、抄本作「盻」，據薈要本、四庫本改。後依此不悉出校記。

屈原卜居圖

用舍行藏聖有餘，卻從詹尹卜攸居。乾坤許大無容處，正在先生見道疏。

山林長往眇難攀，死不忘君世所難。邂逅去從詹尹卜，八方歷遍果何安①。

【校】

①「遍」，抄本同元刊明補本；薈要本、四庫本作「過」，形似而誤。

遂初亭

韋杜城南尺五天①，眼中朝市有林泉。不須苦泥興公説，絲竹何妨解倒懸。

厭喧思寂尋常事，以隱爲高拙宦人。出處似君應不爾，西池東閣見經綸。

山林長往懷高致，富貴逼人將奈何。閑向遂初亭上去②，一樽高詠採芝歌。

【校】

①「尺」，元刊明補本作「天」，形似而誤；據抄本、薈要本、四庫本改。

②「去」，抄本同元刊明補本；薈要本、四庫本作「坐」。

宋太祖蹴鞠圖①

凡六人：對蹴者，趙普。傍看者：太宗、八王、一道士與從者②。劉向《别録》：「蹴鞠，黄帝所作，或曰起戰國時。蹴鞠，兵勢也，所以練武士、知有才也。」

榻邊咫尺夢金陵，欲下河東勢未能。畫史意傳當日事，丹青圖上見軍興。

婉孌龍姿五客隨，内庭深處共遊嬉。筆端欲見無窮意，一點香塵欲起時。

太平朝野日歡娱，肯效三郎和碧梧。治定不應忘武備，花間蹋鞠是雄圖。

【校】

①「蹴鞠」，抄本同元刊明補本；薈要本、四庫本作「蹴踘」，偏旁類化。

②「從者」，抄本同元刊明補本；薈要本、四庫本作「從者一人」。

倦書圖

六朝人愛《倦書圖》，唐閆令喜而臨之，妙在約略濃淡之間。

玉堂昨夜醉厭厭，格筆慵書見未忺①。似待指端餘力散，卧看花影轉疏簾。

筆陣堂堂到倦書，紫蕉欹暖錦氍毹。細看三子從容處，當日安知不有吾。

【校】

①「慵」，弘治本同元刊明補本；薈要本、四庫本作「傭」，形似而誤。

二美人圖 錢選筆

春醉瓊枝意未諧，行雲空瑣望仙臺。九重不隔簫聲斷，唤得長空赤鳳來。右趙飛燕。

璧月瓊枝醉舞裀①，泠泠蘭舌半詞臣。國亡只咎傾城色②，□滿胭脂片底春③。右張麗華。

【校】

①「璧」，元刊明補本、弘治本作「壁」，據薈要本、四庫本改。

②「色」，元刊明補本、弘治本闕；據薈要本、四庫本補。

③「□滿」，弘治本同元刊明補本；薈要本、四庫本作「滿眼」。「片」，弘治本同元刊明補本；薈要本、四庫本作「井」，形似而誤。

固陵雪鴟圖

取鑑前王有覆車，三韓風雪儘愁予①。長江飲馬年年事，筆底寒禽辨得無。

【校】

①「雪」，弘治本同元刊明補本；薈要本、四庫本作「色」，非。

韓文公重嶵圖

熙載南朝亦宰臣，後來狂颿欲全身①。比教乞食歌姬院，坐閲棋枰似可人。名教之中樂有餘，只須棋槊可歡娱②。晦翁微貶文昌意，正爲先生不著書。

【校】

①「颿」，弘治本同元刊明補本；薈要本、四庫本作「放」。

②「只」，弘治本、薈要本同元刊明補本；四庫本作「底」。

張麗華 手擎白鸚鵡自調

雲間三閣綺成霞，閣上仙人蕚緑華。蘭舌不應詞客巧，自調鸚羽按庭花。

西施

西施爲物一何尤，吴已荒亡越可憂。一枕勾王春殿夢，抱冰寒苦變温柔。

孤舟横笛　王晉卿筆

秋風葉下洞庭波，横吹歸時逸興多。筆底分明詩外意，武昌南岸老人歌。

淵明漉酒圖　趙子昂筆

牀頭釀香奚待壓，脱巾漉酒良愜人。興來酣適無不可，過論總非公所真。

雪舟夜語

劉文甫藏①

大定明昌五十年，當時文物蔚中天。雪篷夜話無多味②，黨蔡風流墮眼前。

【校】

①「語」，弘治本同元刊明補本；薈要本、四庫本作「話」。

②「篷」，元刊明補本、弘治本作「蓬」，據薈要本、四庫本改。

跋張真人雙頭蓮手卷

嫣然池面出雙蕖①，花本無心道自如。若與主人論遠近②，□香當到愛蓮書③。

【校】

①「嫣然」，元刊明補本、弘治本闕；據薈要本、四庫本補。

②「近」，元刊明補本、弘治本闕；據薈要本、四庫本補。
③「到」，弘治本同元刊明補本；薈要本、四庫本闕。

有虞鼓琴　趙霖筆

述匹誰如帝子崇，和鳴還與五絃同。異時愠解吾民阜，本自君王正始功。

送張鵬飛同知兩浙漕事

張侯又見走踆踆，雲海相望四十春。記取都城相別處，細炊香飯煮金鱗。

送司穀夫之任共城

皂蓋東歸五馬榮，太行南下是共城。春林布穀應饒舌，剩着青衫竹馬迎。

司君材調號能官，駿足終陪十二閑。天意似教優此任，政成坐嘯看青山。

中州佳麗百山門，太守風流兩漢循。細酌百泉亭上酒，正煩留意鑄斯民①。

【校】

①「正」，抄本同元刊明補本；薈要本、四庫本作「政」，亦通。後依此不悉出校記。

題姬義士卷後

掩瘞無歸責己任，凱風吹棘遂初心。絶交端爲西華發，較似劉標義更深。

題紀伯新詹判如溪詩意

通人無滯與溪友，坎止流行到兩忘。羨殺胸中瀟灑意，一横煙景夢滄浪。

源源不絶産蛟鼉，若論潛玲一勺多①。莫惜玉缾沙上酒，醉來閑聽濯纓歌。

【校】

①「玲」，抄本、四庫本同元刊明補本；薈要本作「泠」。

題麻姑壇記後

麻姑來會蔡經家，麟脯珍盤間異花①。海上仙人多狡獪②，半盂白粲走丹砂。

【校】

①「珍」，元刊明補本作「琮」，據抄本、薈要本、四庫本改。按：珍，俗作珎；珎、琮形似。

②「獪」，元刊明補本、抄本作「澮」，據薈要本、四庫本改。

黄初平牧羊圖

金華春草碧淒迷，牧到亡羊事可疑。風袖一揮巖石起，道人還有此神奇。

題泰和名臣碑後

金源肇迹海東隅，奄有綿區亦壯圖。最是泰和嘉靖日，朝廷綱紀盡文儒。爲當時自宰相至掾吏全用進士云。

癸巳歲二月六日自得仁府西歸和李樂齋詩①

行宫朝散馬騑騑，喜動都城白板扉。鄭重小桃深有意，留花不發待予歸。

【校】

①「府」，抄本同元刊明補本；薈要本、四庫本作「甫」。

題姜詩躍鯉圖

舍邊泉出躍雙魚，感自龐姬孝有餘。畫史載容非小補，丹青渾是蔚宗書。

清泉故里兩無蹤，坡老詩成竹樹風。展放畫圖增永嘅，丹青於世不無功。

後二句取唐張彥遠《畫記序》：「畫者，挂也，以彩色挂物象也，故鼎鐘刻則識魑魅而知神奸，旂章明則昭軌度而備國制①。以忠以孝，盡在於雲臺；有烈有勳，皆登於麟閣。紀、傳所以敍其事，不能載其容；賦、頌有以詠其美，不能備其象。圖畫之制所以兼之也。」陸士衡云：「丹青之興，比雅頌之述作。宣物莫大於言，存形莫善於畫。」此之謂也。

【校】

①「旂」，抄本、薈要本同元刊明補本；四庫本作「旗」，亦可通。按：旂、旗，多可通。後依此不悉出校記。

清明日南城訪友

客裏清明散滯懷，也隨游子出城來。東風似惜春光爛，柳眼雖青細細開。

題嚴子陵還山圖

摭其意而反之癸巳夏廳除間作①

富春不起最爲賢，星彩空輝帝座寒。縱便放還江上去，已應慚見釣魚壇。

【校】

①「摭」，抄本同元刊明補本；薈要本作「藉」；四庫本作「借」。

跋徽宗退朝圖

唐虞道統不知傳，師事林靈信妄言。三十六宮春寂寞，玉清雲上夢朝元。

謾説煙空有九霄①，朝元仙路碧迢迢。轉頭風雪韓州地，方悟簪裳是服妖②。

【校】

①「謾」，抄本同元刊明補本；薈要本作「傳」；四庫本作「漫」。

②「悟」，元刊明補本、抄本作「悮」，據薈要本、四庫本改。

水車圖

人定真能力勝天，一車翻水溉高田。漢陰機在終無力，長憶郊居值旱年。

題昔剌公奉使江左圖①

紫髯風采照江東②，馬首雙旌及見公③。三十年來和議裏④，使華當代不無功⑤。

和戰當年楚已空，一丘衰草葬南鄘。卷中題詠俱名筆⑥，褒羨人言是景鍾。

【校】

①「昔刺」，抄本、薈要本同元刊明補本；四庫本作「實魯」。

②「紫髯風采」，抄本同元刊明補本；薈要本、四庫本闕。

③「及」，抄本同元刊明補本；薈要本、四庫本作「反」，非。

④「裏」，抄本同元刊明補本；薈要本、四庫本作「定」。

⑤「使華」，抄本同元刊明補本；薈要本、四庫本闕。

⑥「俱」，抄本同元刊明補本；薈要本、四庫本作「真」。

孫登長嘯圖

先生可想不可見，秋月千山白鹿臺。吹作半空鸞鳳去①，公和真是不凡材。

八方雲擾關兵塵②，夷再清談到隕身③。長嘯一聲聊寓意④，不妨玄髮散麒麟。

不幸遭逢晉魏間，先生出處兩爲難。才長識寡嵇中散，只待明言覺膽寒。

【校】

①「去」，抄本同元刊明補本；薈要本作「嚮」；四庫本作「應」。

②「八方雲擾關兵塵」，抄本同元刊明補本；薈要本、四庫本闕。

③「夷再清談到隕身」，抄本同元刊明補本；薈要本、四庫本闕。

④「長嘯一聲聊寓」，抄本同元刊明補本；薈要本、四庫本闕。

秋江待渡圖

兩崖鐵峽束蒼江，風浪無時一葦航。險阻備嘗無太穩，臨流將渡復回徨。

秋江極望圖

乾坤清氣滿詩脾，望入霜空思未迷。誰着畫工横截斷，一行秋影雁飛低。

韓生寫真圖後

韓郎落筆淩煙面，嘉老摛文造物權。名下自來無妄譽，伯時多爲九歌傳。

乙未夏重午日偶得一扇絶與吾鄉龍門谷形勝相似因書一絶於上①

太行西北是龍門，便面圖看爽客魂。千尺緑蘿飛瀑底②，浩歌還憶醉霆樽③。

【校】

①「未」，抄本、薈要本同元刊明補本；四庫本作「亥」。「絶」，抄本同元刊明補本；薈要本、四庫本作「畫」，非。「門」，抄本同元刊明補本；薈要本、四庫本作「頭」，非。

②「底」，抄本同元刊明補本；薈要本作「濺」；四庫本作「布」。

③「霆」，抄本、薈要本同元刊明補本；四庫本作「霔」，形似而誤。

定羌李氏昆季三人係李遊仙之裔同歸三教走筆爲賦

德積緜來慶自賒①，三英同秀定羌家。從今洎洳汾西曲②，三教堂中看棣華。

大定明昌五十年，一時文物説游仙。料應書案山前月，更覺秋空皓彩圓。

【校】

①「賒」，抄本、薈要本同元刊明補本；四庫本作「餘」，形似而誤。

②「洳」，抄本同元刊明補本；薈要本、四庫本作「汝」，俗用。

史院即事

聖德神功浩有餘，竹書何翅十三車。近觀養士先皇訓，意小環門八百區①。

開局而來已六旬，倉皇曾不計殘身。一朝汗簡驚無有②，敢説兼修爲乏人。

【校】

①「近觀養士先皇訓，意小環門八百區」，元刊明補本、薈要本、四庫本作「近觀養士□□□，□□□□□□□」；據抄本補。

②「一朝汗簡驚無有」，元刊明補本、薈要本、四庫本作「一朝汗簡□□有」；據抄本補。

宋徽宗石榴圖

安石赤榴自漢來，千年西域武皇開①。寫生若論丹青妙，金馬門前待詔才。

【校】

①「千」，抄本同元刊明補本；薈要本、四庫本作「十」，形似而誤。

顯宗墨竹

筆藝初非羨顯宗，承華主鬯兩沖容①。天教二十年陰賜，護養風雷見籜龍。

午窗番盡顯皇書，問寢龍樓孝有餘②。夢到承華欄檻底，露梢煙葉儘扶疏。

【校】

①「沖」，抄本同元刊明補本；薈要本、四庫本作「從」，聲近而誤。

②「寢」，元刊明補本闕；據抄本、薈要本、四庫本補。

題冀州趙節孝侍祖母韓詩卷

眼前諸子芝蘭秀，堂上慈親九十儀。若取陳情論樂養，趙生心事勝犍爲。

五福君家有自開，闔門全是孝慈來。異時旌表瞻榮觀，高似陳思燕處臺。

野春亭

爲劉仲文賦

出仕清朝接俊游，閉門閑處更風流。君看緑野堂中客，未必心安勝素侯。

春滿青林花滿煙，風光深鎖市廛間。都城何限豪家樂，輸與劉郎未老閑。

鶴閑無意上揚州①，果熟能勝萬户侯。近日治家尤有法，課兒書誦五更頭。

韋杜城南尺五天，千金不惜買林泉。左山信手拈春出，一片浮光鎖翠煙。

疇昔過門得故人②，示予亭記思清新。白頭青竹題詩客，一笑揮毫到野春。

沙頭乾盡玉瓶雙，香冷牙籌括錦囊③。長日閑庭有忙事，青衫時課讀書郎。

【校】

①「閑」，抄本同元刊明補本；薈要本作「門」，非；四庫本作「閒」，亦可通。

②「疇」，元刊明補本闕；薈要本、四庫本作「憶」；據抄本補。

③「括」，抄本同元刊明補本；薈要本、四庫本作「刮」，非。

四皓圖

尺一招來四老翁，冥冥高興振孤風。少微不是門人像①，調護前星最有功。

人慾横流不易攻，留侯真是帝師雄。笑將二老歸周意，翻作商顔羽翼翁。

夜壑藏舟未厭深②，皎然松雪映高林。閑雲終作從龍雨，唯有留侯識此心③。

【校】

①「門」，抄本同元刊明補本；薈要本、四庫本作「閒」。

②「舟」，元刊明補本作「丹」，形似而誤；據抄本、薈要本、四庫本改。
③「唯」，元刊明補本作「雄」，形似而誤；據抄本、薈要本、四庫本改。

蕭然亭

澄淵横壑東坡語，窗竹驚秋太白辭。解使六塵能此浄，不煩華構與新詩。

坡仙信筆張園記，寫盡豪家隱仕情①。出處兩間無不可，最憐婪入吏商名②。

【校】

①「寫盡」，弘治本、元刊明補本作「向畫」；薈要本、四庫本作「寫盡」。
②「吏」，弘治本同元刊明補本；薈要本、四庫本作「使」。

遂州張氏出家資修建學舍僧鎮公來索詩因題其後

三關控接阨邊塵，四十年來草棘春①。不爲兩庠燈火事，孜孜求義到斯人。

【校】

①「春」，弘治本同元刊明補本；薈要本、四庫本作「眷」，形似而誤。

太白獨酌圖

九重春色醉仙桃，何似江山照賜袍。千丈氣豪天不管，青山磯上月輪高。

李太初元齋 時爲濮陽主簿

一氣中含萬善根，夫何爲善即吾仁。不煩力剖藩籬破，已覺軒中浩浩春。

魏提學授盤陽路膠水令①

菁莪樂育爲求賢，十載京華柄學權。今日二官滄海去②，春風千室聽鳴絃。

【校】

①「盤陽路」，薈要本脱；弘治本、四庫本作「□□路」。

②「二」，弘治本同元刊明補本；薈要本、四庫本作「一」。「去」，薈要本、四庫本同元刊明補本；弘治本闕。

贈相士梅心

長嗟躍冶不祥金，忽漫求名竟陸沉。萬事不如方寸好，愛渠開口便論心。

贈相士秋巖

乾坤清氣滿秋巖，顧我行藏試一談。早晚得歸林下去，北山重掃讀書龕。

跋單檢校吉甫所藏江孝卿手書真草二帖徵君諱紱曹南人

我初不識檢校面，見此可嘉平昔心。光景片時争屬目，獨憐遺翰是知音。

有客臨風惜壯圖①，不從奇耦計榮枯。因君憶起江卿事②，閑氣銷來一點無。

【校】

①「有」，元刊明補本作「百」，形似而誤；據弘治本、薈要本、四庫本改。

②「君憶起江卿」，弘治本同元刊明補本；薈要本、四庫本作「卿憶起江君」，倒。

讀韓文外集

韓子爲書有正傳①，精詳無出穆脩編。不應集外生浮誕②，三簡誣公佞大顛③。

【校】

①「韓」，薈要本、四庫本同元刊明補本；弘治本闕。

②「浮」，元刊明補本作「溪」，據弘治本、薈要本、四庫本改。

③「佞」，弘治本同元刊明補本；薈要本、四庫本作「夢」，非。

瑞鶴詩

方平家近鬱蕭臺，視履推祥有自開。拈出扈山交感說，胎仙非止異香來。

龍虎堂

甲午秋九月廿八日迎謁自懷來四過其下

玉華行殿拂明開，北狩南巡此往迴。長憶先皇重遺老，玉堂今歲幾人來。①一作「長憶先皇恩治切②，天顔喜動老臣來。」

百靈拱護走風雷，萬馬雲屯駐漢臺。今日鼎成弓劍遠，西風吹淚不勝哀。

【校】

①「一作」，元刊明補本、弘治本脱，據薈要本、四庫本補。

②「思」，薈要本同元刊明補本；弘治本、四庫本作「恩」，形似而誤。

觀光

嚴森弓劍拱重圍①，蕩蕩高空日月輝。先帝老臣今有幾，瞻依恒敕近天威。

三秋迎駕走居庸②，一道青山返照紅。新店到都才九十，坐車乘馬兩龍東③。

抱關休訝去翩翩，霜滿征衣月滿鞍。只爲冕旒初未拜，至今眠食未能安。

紅雲現處拜瑶亭，皂蓋歸時午夜行④。半醉喜乘歡勸酒⑤，居庸關下聽雞聲。

【校】

①「嚴森」，元刊明補本、弘治本闕；據薈要本、四庫本補。

②「三」，元刊明補本、弘治本闕；據薈要本、四庫本補。

③「龍」，弘治本、薈要本、四庫本作「籠」。

④「午夜」，元刊明補本模糊不清；據弘治本、薈要本、四庫本補。

⑤「歡」，元刊明補本、弘治本闕；據薈要本、四庫本補。

甘不剌川在上都西北七百里外董侯承旨扈從北迴遇於榆林酒間因及今秋大獮之盛書六絶以紀其事①

絡野籠山捲朔陲，盡隨湯祝懾天威。客卿莫詫長楊賦，聽説今秋第一圍。

詩詠騶虞發五豵②，漢家圍合萬車同。料應老上龍庭北，谷静川空説俊功③。

千里陰山騎四周，休誇西伯渭濱遊。今年較獵饒常歲，一色天狼四十頭。

□漢宣威見此行④，君王耀德豈觀兵。我詩擬配岐陽鼓，要與周宣作頌聲。

今年大獮墆林秋⑤，青兕黄羊以萬籌。摇吻戍兒欣有語，好雲從此到南樓。

今秋天餉住冬糧，萬穴空來殺氣蒼。渴飲馬酮飢食肉⑥，西風低草看牛羊。

【校】

①「甘不剌」，弘治本同元刊明補本；薈要本、四庫本作「噶布拉」。「書」，弘治本、四庫本同元刊明補本；薈要本作「賦」，非。

②「騶虞」，元刊明補本、弘治本作「虡官」，據薈要本、四庫本改。按：語本《詩·召南·騶虞》：「彼茁者葭，壹發五豝，于嗟乎騶虞。」

③「俊」，弘治本同元刊明補本；薈要本、四庫本作「儁」，亦通。按：俊、儁，同。後依此不悉出校記。

④「□漢」，弘治本闕；薈要本、四庫本作「萬里」。「此」，弘治本同元刊明補本；薈要本、四庫本作「令」，非，

⑤「㟼」，弘治本作「㟼」；薈要本、四庫本作「㟼」。

⑥「酮」，弘治本、四庫本同元刊明補本；薈要本作「洞」，非。

隆福行宮

詩裏山河瞻象服，女中堯舜宋宣仁。從今隆福宮闈月，聖壽輝煌一萬春。

四海坤儀自正家，垂簾休獨美瑶華①。側聞聖善如先后，在昔天皇有懿詩。

賤名猥被平章奏，供奉詞林舊老臣。細酌金罍宣勸出，一年三荷寵光新。

【校】

①「美」，弘治本、薈要本同元刊明補本；四庫本作「羡」。

題沙門宣公手卷後

海藏龍宮鬱紫煙，逢辰僧到赤烏年①。白毫千丈渠能致②，何俟韓書重大顛。

【校】

①「僧」，弘治本、薈要本同元刊明補本；四庫本作「曾」。

②「毫」，弘治本、薈要本同元刊明補本；四庫本作「髦」，非。「致」，弘治本同元刊明補本；薈要本、四庫本作「制」。

王惲全集彙校卷第三十三

七言絶句

野莊圖　并序

承旨董公繪野莊爲圖①，求諸賢題詠。中齋草序，以同人致亨；晦叔撰銘，以擬倫溢美。恐未盡公臆之所在。若夫士君子出處固皆有命，不可以遲速工拙爲言，然當得行道際②，静退之心何嘗食頃而不在懷也？以艱於自云，必托物以表其志③，雖未能掛冠神武，斂裳霄逝，較之鍾鳴漏盡不已行者，猶賢乎已。喜爲賦詩，初弗計其不自量也④。其辭曰：

午橋吟醉平淮後，商嶺鴻冥定漢餘。正恐野莊歸未遂，九重思治望新書。

老筆鍊餘詩律細，事機諳久宦情疏。輞川圖上王摩詰，静退爲心是本初。

寶珠换卻杖頭鳩，空見秋瓜憶故丘。白首相看官舍底，晚年心事轉優游。

【校】

①「爲圖」，抄本同元刊明補本；薈要本、四庫本作「圖爲」，倒。

②「際」，抄本同元刊明補本；薈要本、四庫本作「時」。

③「托」，抄本同元刊明補本；薈要本、四庫本作「託」，亦通。

④「弗」，抄本、薈要本、四庫本作「不」，亦可通。

輥馬圖

馬蹄立論見天機，四輥塵沙更適宜。恰似解袍隨意處，小齋盤礴退朝時①。

【校】

①「盤」，元刊明補本、薈要本作「礬」，偏旁類化；據抄本、四庫本改。

題錢舜舉畫梨花

香黐玉笛真妃怨，雨暗霓裳樂語凄①。不似錢郎能駐馬②，□風庭日醉如泥③。

水西千樹鬧春華④，莫把芳容帶雨誇。看取一枝橫絶處，洗粧還是漢宫娃。

【校】

①「霓裳」，元刊明補本闕；抄本作「宫□」；據薈要本、四庫本補。

②「馬」，元刊明補本、弘治本闕；據薈要本、四庫本補。

③「□風庭」，弘治本同元刊明補本；薈要本、四庫本作「滿庭風」。

④「水」，元刊明補本、弘治本闕；據薈要本、四庫本補。

題廄馬圖

前年扈從獵長楊，偶雜髯騶宿野莊。一捧玉華三百疋，老人垂淚説先皇。

三笑圖

元聖開天一理融，推心不外善爲宗。後人剛作無同論，三子相逢笑殺儂。

題劉導引卷末①

傳家素有延齡録，手澤珍藏鏡李辭。吹就棘心親不在，每觀凄斷凱風詩。

【校】

①「導」，弘治本同元刊明補本；薈要本、四庫本作「道」，亦可通，按：道、導，古今字。後依此不悉出校記。

題朝元宫劉道人秋聲圖

紫極宫深景氣秋，翛翛窗竹發詩愁。謫仙千古風流句，輸與歐公作巧偷。

少年心事讀書臺，涼入郊墟已快哉。星漢在空人未寢，一聲猶憶樹頭來。

甯戚叩角圖

長夜漫漫志未伸，單衣雖弊霸圖新。一匡已在夷吾佐，激烈商歌惜自陳。

覺山寺題示

元貞改號夏四月九日①，爲敕建司徒鞏公墓碑，同朝貴來會。需命間，客有談盧師當遊者。知山□道阻②，遂折而入覺山精舍。觀泉□□，景氣瀟爽，不獲留宿爲恨③。山僧泚筆，請留詩于壁，偶書此以記來曾。偕遊者：太一李宗師，承旨董野莊，太學李内翰，東平賈彦載。秋澗老人王惲題。

爲樹瑶鐫未奠間，杖黎尋勝一躋攀。世間萬事真難必，來訪盧師入覺山。

誰削蒼巔峻作崖，碧瀾直上妙高臺。静功儘辦瞿曇鉢，石罅清泉迸玉來④。

山因寺勝寺依泉，雲自無心景自閑。懶陟上方窮遠目，黄塵深處是人間。

【校】

①「元貞」，弘治本同元刊明補本；薈要本、四庫本作「貞元」，倒。

②「知」，弘治本、薈要本、四庫本闕。

③「獲」，弘治本同元刊明補本；薈要本、四庫本作「復」，非。

④「迸」，弘治本同元刊明補本；薈要本、四庫本作「送」，形似而誤。

丙吉問牛圖

休驚宣父才難歎，兩漢調元見是公。後世幾人能辨此，捄時纔得一姚崇。

右軍觀鵝圖

照眼雙鴉引頸來，胸中妙思與之偕。寥寥尚友千年後，只有涪翁識此懷。

又跋問牛圖

燮理論思一相功①，只今機務簿書叢。後人刺口無輕議②，世事看來總不同。

【校】

①「燮」，元刊明補本闕；薈要本、四庫本作「坐」；據抄本補。

②「剌」，元刊明補本、抄本、薈要本作「剌」，聲近而誤；據四庫本改。

閩海道憲司書吏張禧事母以孝聞本道具辭上達得請乃以所居論秀坊爲純孝里旌異之時其徐壽八秩起居飲啖健如五六十人諸人賦詩爲慶①

吏業傳家説寧馨，炎方享壽見徐庭。婉容還憶相看處，燭治官書在憲廳。

養親致樂固多歧，無重承顔志不違。純孝表門纔兩字，四山和氣動春暉。

平生快吏元康筆，俯就功名力不難。邂逅南陔見深愛，爲親初不厭卑官。

鄉閭顯異有新書，衣錦還家喜不如。歸到建園春正好，里人拭目拜潘輿。

寸心擬報春暉養，禄食榮同潁叔羹。兩地月明思最切，倚門心事正懸旌。

建人悍勁尚氣節，不爾秀狎多文儒。鄉間今説張忠孝，還似中林返哺烏。

【校】

①「里旌異之時其徐壽八秩起居飲啖」，元刊明補本闕；薈要本、四庫本作「坊時禧母近百歲」；據抄本補。

淵明臨流賦詩圖

秋水門前有令姿，先生非是好吟詩。因觀逝者如斯説，天運何嘗有息時。

題存樂堂詩卷

當年膝下侍慈顔，蒲樹悲風入夢寒。不及一杯菽水養，對君慚愴淚闌干。

寸心不到南陔養，空羨中林反哺烏。最是范公含恨處，百年温飽見妻孥。

題成經歷晚翠堂

雙檜堂前晚翠新，歲寒相對更情親。東家桃李君休羡，爛熳光風幾日春。

七十平頭恰數朝，望秋蒲柳到松喬。何當醉倚□□處①，滿院秋煙濕翠翹。

【校】

①「倚」，抄本同元刊明補本；薈要本、四庫本闕。

明皇驪山出獵圖　都尉王晉卿筆

五家錦繡迷川谷，萬馬旌旗獵帝師。治亂兩途明在眼，丹青渾是黍離詩。

玉泉巖 并序

元貞二年正月中旬，兩夢登海山絶島。明日，鄰人葛巨濟以此山見示①，巖巒四面，皆自天成。色深翠秀麗，惜其淪落泥塗，慘淡有未之發者。上刻五題：曰壽山；曰玉泉巖，其傍絶頂有懸流一脈，下注山足，甚鮮明也；曰崆峒洞；曰子陵灘；曰白石瀨。皆以金填，形勢與玉泉山不殊，疑前金宫中物也。

兩夜登臨倚碧岑，夢中驚絶此崎嶔。朝來翠射娉婷底，笑煞平生未足心。

【校】

①「濟」，抄本同元刊明補本；薈要本、四庫本作「川」。

送韓推官之任廣固 支人韓侍御君美子①

歷試諸難貴遠期，休言爲吏莫爲推。煩渠細讀瀧岡表②，恐是廬陵積慶基。

花樹韋郎好弟兄，當時同宧最關情。三年不見諸韓面，卻爲儀山作送行③。

【校】

①「固」，抄本同元刊明補本；薈要本、四庫本作「陵」。「支人韓侍御君美子」，抄本同元刊明補本；薈要本、四庫本脱。

②「瀧」，抄本、四庫本同元刊明補本；薈要本作「隴」，非。

③「作」，抄本同元刊明補本；薈要本、四庫本作「即」。

元貞丙申立春日作

前歲徵車起陸沉①，清優特置在詞林。明知不是商顔叟②，當體先皇養老心。

終日思歸憶故山，玉堂金馬有堪憐。只知蓮炬君恩重，其奈山公啓事偏。

六藝蹴空成底物，龍鍾何有玉爲堂。眼明愛殺韓忠獻，到了蘇坡一議郎。

【校】

①「徵」，元刊明補本闕；據抄本、薈要本、四庫本補。

②「叟」，元刊明補本闕；薈要本、四庫本作「客」；據抄本補。

題西湖圖

東南形勢説餘杭，誰辨山谿作國防。踏雪欲尋龍井去，表忠祠下謁錢王。

丙申歲京師元日門帖子

三冬露處無家客，七十殘年有限身。强項一生今潦倒，更將低首嚮何人。

中舍無心喜外遷，非緣詞筆厭雕鐫。眼中故舊飄零盡，嗤點從渠最可憐。

錢舜舉折枝圖

探花走馬醉西城，歲與東君似有情。不是今春風色惡，折枝圖上看清明。

院中即事

元貞元年爲修實録移在北中書省内

有時下直出銀臺，三昧楞伽亦快哉。不似近年官事急，小車還聽御批來①。李肇《翰林志》説前輩傳《楞伽經》一本，函在屋壁②。每下直，出門相謔，謂之「小三昧」；出銀臺門乘馬，謂之「大三昧」。如釋氏云「纏縛而自在」也③。

【校】

①「御」，元刊明補本、弘治本作「吏」，據薈要本、四庫本改。

②「函」，弘治本、元刊明補本作「亟」；據薈要本、四庫本改。

③「纏」，弘治本、薈要本同元刊明補本；四庫本作「解」，非。

重遊玉泉 并序①

元貞二年龍集丙申三月二十八日，大駕北狩。同翰林諸君送次大口回，獨與孫笥西過玉泉。因憶至元七年御史裹行時，來遊者一十有五人，歲月如流，轉首廿五年，今在者李司卿輔之、温漕使次霄與不肖三人耳！人欲久不死，而于人世何如也？凡得詩三絶，留山間而去②。

轣轆澤車轉碧崖③，山煙喜客望中開。畸人問我從何自，適送鑾輿大口來。

進水山僧去未迴，日長空閣獨徘徊。尋詩不到瑶華洞④，踏遍松間碧色苔。

山頭亂石鬥杈枒⑤，水底浮光浸碧霞。絶似蘇門山下路，惜無脩竹與梅花。

【校】

①「并」，弘治本、薈要本同元刊明補本；四庫本作「井」，形似而誤。

②「山」，弘治本、薈要本同元刊明補本；四庫本作「三」，涉上而誤。

③「轣」，元刊明補本、四庫本作「輕」，據弘治本、薈要本改。

④「洞」，弘治本同元刊明補本；薈要本、四庫本作「境」。

⑤「杈」，弘治本、薈要本同元刊明補本；四庫本作「槎」，亦可通。後依此不悉出校記。

清白圖 爲何掾舜舉賦

傳家素有游儵潔，竊禄生憎碩鼠貪。三考臬司如一日，眼中何掾得無慚。

題韋偃十馬圖

浮深角壯恣游嬉，沙苑春風碧草齊。聞說紫宸初立仗，内家正要不鳴嘶。

國初鞍馬説江都，今見韋侯十駿圖。獨愛少陵忠義氣，艱危安得濟時需。

和東泉翁山中雜詠一十三首①

過眼紛華興未闌，人生難得老來安。山中致爽饒清賞，不是悲秋强自寬。山居

爲愛淵明不自賢，夕陽飛鳥兩忘言。已邀白日羲皇上②，況復青山是故園。清美堂

啓期三樂素非狂③，帶索行歌老自量。明理已安循理轍，息心元是養心方。歸來亭

生平游刃擬青萍，一日歸來與道寧。繞樹每憐鶯木鳥，思親時上望雲亭。望雲亭④

丹砂玉屑燕窠瓷，臺閣風流見一時。桃李春光能幾日，惜君元有歲寒姿。幽芳軒

朝三暮四本來齊，誰爲兒童較栗梨。今歲見花欣實美，山中風物要通知。香雪原

田家剥棗暮秋初，野甑蒸香木蜜酥。不富正緣無滯貨，芋魁牆外又成區。木蜜岡⑤

山中處士玉堂仙，兩地相望思渺然。說有詩來多勝概，含情多在碧雲牋。杏塢

静約幽人品羽茶，偶隨稚子去鋤瓜⑥。問君何似東陵日，猶是峗山故老家。瓜堰

門外清泉兩汊流，臣心如水更何求？濯纓濯足終多事，已分心身到逸休。東泉

樹影扶疏聽鳥音，可堪時事百年心。高情愛殺陶元亮，一醆秋香見獨斟。西泉

德澤涵濡得二難，百年祠館見遺安。蒼蒼一片墳臺石，留在行人下馬看。墳館

士論推稱謚最公，瑶鐫三尺刻文通。因君喚起西南興，夢寐洄溪碧瀲中⑦。先君衛士夫私謚爲「文通先生」。

【校】

①「和」，抄本同元刊明補本；薈要本、四庫本作「賀」，聲近而誤。

②「日」，抄本、四庫本同元刊明補本；薈要本作「石」，形似而誤。

③「啓」，元刊明補本、抄本闕；據薈要本、四庫本補。
④「望雲亭」，元刊明補本、抄本闕；據薈要本、四庫本補。
⑤「岡」，抄本同元刊明補本；薈要本、四庫本作「圖」。
⑥「隨」，抄本同元刊明補本；薈要本、四庫本作「來」，非。
⑦「瀲」，抄本同元刊明補本；薈要本、四庫本作「斂」，俗用。

曹右丞生祠手卷

前年拜掃王墳廬①，笑逐雙肩到並驅。林薄氣清侵邃宇②，人家春社樂于胥③。

農樂無如歲有年，更將民瘼細爲蠲。應憐右轄祠邊月，花柳深村有二天。

【校】

①「王」，抄本作「在」；薈要本、四庫本作「玉」。
②「邃宇」，元刊明補本闕；抄本作「暴□」；據薈要本、四庫本補。

③「春社」，薈要本、四庫本同元刊明補本；抄本作「書禮」。

李白醉歸圖

雲陣横陳大渡河，一書能解六蠻和。仙韶莫詫君王寵，七寶粧嚴未是多。

襲美堂詩

雲中張釭母，姓楊氏。性資淑惠，小心敬畏，早見知於中宫，出入禁掖垂三十年，前後賞賚濃渥。楊歿，上思保育之功，贈安翼國夫人。生子六人，長曰鎮，出刺荆門、沂水二郡；其四曰鑑，知東勝州，餘皆宿衛宸庭①。

襲美，看來燉在中，當時安翼有深功。春風吹下蓬萊閣，二子歸來五馬驄。

【校】

①「中宫」，抄本同元刊明補本；薈要本、四庫本作「宫中」，倒。

自題寫真

白髪刁騷一幅巾，遺書浩浩百年身。縱令不入麒麟畫，已是三朝館閣臣。

李德裕見客

唐韓滉筆徽宗臨并御題在後①

金鑾載筆寵光多，三鎮聞風自削磨②。開運中興元兩樣，相君勳業邁蕭何。

恩讎平日太分明，胸次看來氣未宏。不鎖櫝坊停衛士③，諒知堂上有奇兵。

□神瀟灑動華夷④，機務論思儘有爲。一眨未應生重□，崖州山色要新詩。

經綸心事在思亭，據榻高談似自矜。不見省中温室樹，孔光終了説何曾。

有才善處是無權，朋比爲心自黨偏。邂逅郡樓回首處，杜門應羨晉公賢。

意氣揚揚與脅肩，較來失德兩同然。春風滿眼桐花鳳，不是當年謂謂賢。

【校】

①「滉」，抄本同元刊明補本；薈要本、四庫本作「晃」，非。按：韓滉，字太沖，詳見《舊唐書》卷一二九《韓滉傳》。

②「聞風」，抄本同元刊明補本；薈要本、四庫本作「風聞」，倒。

③「櫝」，抄本同元刊明補本；薈要本、四庫本作「宅」。

④「神瀟灑」，元刊明補本作「□瀟灑」；薈要本、四庫本闕；據抄本補。

送同知范君璋之任平灤

昆明授法起虢嗣，民瘼洗蠲宜飽知。後日鳴絃千室邑，豈惟活國説良醫。

三紀承恩鶴禁深，一官灤海任浮沉。固應天上張公子，好識當年大范心。

張遂初詩

鶴禁辛勤四十秋，端功端品可封矦。一官纔入尋常選，猶被時胥問解由。

需軒

閉閤陽城醉似泥，諫臣爲論在韓疑。一朝力折延齡相，識得三陽出險時。

據按事從中道處，洗心思與繇辭新。小軒不似朝來喜，倒屣門前不速賓。

則天朝回圖

萬有潛隨一氣回，武炎如火李如灰。上陽宫殿春風暖，花底朝鞭隱若雷。

過甕山記老人語

刑清兵寢歲豐穰，五十年來帝道光。駝馬欄東逢老叟，向人猶解説先皇。

題劉元禮挽詩卷後

有得歸爲怙恃榮，三年索米可憐生。一杯不及慈闈養，空有殘魂遶斗城①。

三尺旅墳燕地鬼，一篇新序翰林詞。友生最是情鍾處，夢斷空梁月落時。

客死無歸最痛心，李生哀慟惜知音②。只緣識得天倫重，不爲黄金緑綺琴。

【校】

①「遶」，抄本同元刊明補本；薈要本、四庫本作「繞」，亦可通。

②「慟」，抄本、四庫本同元刊明補本；薈要本作「痛」，亦可通。後依此不悉出校記。

任氏具慶堂詩卷①

善積中來慶自全②，一堂和氣覺春寬。人間兩字風流處，貼在兒曹額上看③。

壽援諺語應踰七，數比名泉更益三。嫠女老人元瑞世，兩星今見濟之南。

【校】

①「詩卷」，抄本、薈要本同元刊明補本；四庫本脱。

②「善積」，抄本同元刊明補本；薈要本、四庫本作「積善」，倒。

③「曹」，元刊明補本、抄本作「皃」，據薈要本、四庫本改。

劉簽事友竹亭詩

退食歸來對竹吟，相看同抱歲寒心。只今眼底交情薄，不似環亭翠影深。

公子清標有足多，紫微垣外侍雕戈。料應瞻彼猗猗興，瑟僩功夫見琢磨。

題錢選臨曹將軍燕脂驄圖①

涪翁醉草丹青引，祕省珍藏獵騎圖。老眼再觀知有數，喜從唐本玩臨摹。第三句一作「書人昭陵那復得。」②

龍種生來見異姿③，春風舞影下瑶池。馬中岳湛錢郎筆，寫盡坡仙七字詩。

刻烙天全固可悲，不應顧影自驚嘶。君看慘淡經營意，重爲莊生解馬蹄。

首脱金羈藉帝閑，春風沙苑草芊綿。承恩幸在修閑地④，誰與争鳴八駿先。

良驥初非以力聞，丹青傳寫畫圖新。超超説是千金駿，踶囓何曾到圉人。

【校】

①「燕」，抄本同元刊明補本；薈要本、四庫本作「胭」，亦可通。按：胭脂，亦可作燕脂、臙脂、燕支、煙脂、煙支、烟支、烟肢、烟脂等。後依此不悉出校記。

②「第三句一作「書入昭陵那復得」」，元刊明補本脱「昭」字，據抄本補；薈要本、四庫本脱。

③「生」，元刊明補本、抄本作「中」，據薈要本、四庫本改。

④「修閑」，抄本、薈要本作「休閒」；四庫本作「林園」。

相馬圖

駑駘安分老青芻，騄駬論才白璧酬。相馬只今誰伯樂，解教駑驥兩垂頭。

題趙巖人馬圖　巖五代人嘗爲朱温駙馬都尉

天廄真龍自不凡，未妨束縛具羈銜①。當時一筆千金重，今恨無人説趙巖。

【校】

①「銜」，抄本同元刊明補本；薈要本、四庫本作「閑」，聲近而誤。

甲午歲門帖子①

旅食京華兩見春，衰年來作玉堂臣。一家温飽恩光裏，補報無方愧此身②。

【校】

①「子」，抄本、薈要本同元刊明補本；四庫本脱。

②「方」，抄本、四庫本同元刊明補本；薈要本作「妨」，涉上字而聲誤。

題徐中丞子方愛蘭軒詩卷

吏部尚書昔剌温索賦①

幽蘭在谷似幽人，相近相親有使君。獨愛遜綿詩律細，宛從平淡發奇芬。

手治蘭臺種竹圍，護香籠日淡炎暉。絲綸閣下文書静，卻似當年對紫薇。

山行還喜得夷途，路轉蘭皋更可娱。十里曉煙香不斷，春風吹袂過鵝湖。予嘗往來鉛②、信間，景物多異。惟鵝湖山氣清淑，土脈馨潤，所産花卉非蘭即蕙③，其餘有不敢與之並者。晦庵先生少時愛其地勝④，嘗讀書於此，特表而出之。

【校】

①「丞」，抄本同元刊明補本；薈要本、四庫本脱。「昔剌温」，元刊明補本作「昔剌濕」，形近而誤，據抄本改；薈要本作「實喇袞」；四庫本作「實魯袞」。

②「鉛」，抄本同元刊明補本；薈要本作「録」；四庫本作「鐃」。

③「蕙」，抄本同元刊明補本；薈要本、四庫本作「翠竹」。

④「庵」，抄本同元刊明補本；薈要本、四庫本作「菴」，亦通。

濟南録事參軍解君瑞芝圖

曄曄亭亭紫蓋光①，氣和無地不芬芳。一枝特秀溪堂背②，似表參軍政異常。從來腐朽化神奇，正自餘精發菌芝。浩蕩上林春色裏，自憐蒲柳望秋衰。

【校】

①「曄」，元刊明補本闕；據抄本、薈要本、四庫本補。

②「背」，元刊明補本闕；薈要本、四庫本作「下」；據抄本補。

題李巨川衆芳亭

引水溉餘紅藥秀，遶欄看得緣陰春。帝城擾擾黄塵底，獨惜幽香亦可人。

傾囊不惜買花栽，釀酒留香待賞來。說似西園瀟索客①，從今無復眼慵開。

主人襟韻有餘馨，俯仰乾坤一草亭。餐菊佩蘭當此際，江漁休笑屈原醒。

【校】

①「似」，抄本同元刊明補本；薈要本、四庫本作「是」。

淵明歸來圖

獨遊初不爲良晨①，步入斜川別有春。多是斂裳宵遁日，眉間歸色喜津津。

【校】

①「晨」，抄本、薈要本同元刊明補本；四庫本作「辰」，亦可通。

徽宗花鳥圖

無逸圖空冷御屏，翠香珍羽惜娉婷①。不思三代池臺樂，感致中和本四靈。

【校】

①「翠」，抄本同元刊明補本；薈要本、四庫本作「醉」。「婷」，元刊明補本、抄本作「娉」，涉上而誤；據薈要本、四庫本改。

疏梅寒雀圖

苦愛梅花結素緣①，野莊胸次本瀟然。枝頭凍雀何爲者，時許分香到夢邊。

長記扁舟過武夷，仙家梅竹滿清溪。山禽盡日憐幽致，争揀寒枝趁晚棲。

【校】

①「苦」，抄本同元刊明補本；薈要本、四庫本作「吾」。

題邢君用意齋

禹城方伎響邢君①，顧我龍鍾老病身。賦就瘁梨空自惜，幾時相對意齋人。

百疾中來有變常，智人察色信能量。細看難素縱横説，到了何曾有定方。

醫言意也。精微而危，不誠無物，誠斯明斯，意誠心正以至國治。治國尚可，奚難於醫？仲尼無意，人孰能追？莊生刻意②，我非敢知。惟神聖工巧，意行不疑，然後是齋之所謂意者，庶幾得軒岐之遺。

【校】

①「禹」，抄本同元刊明補本；薈要本、四庫本作「萬」。

②「刻」，抄本同元刊明補本；薈要本、四庫本作「任」。

甲午歲門帖子

新春元日兩争妍，氣朔分齊本自然。不待書占雲物喜，上旬壬子是豐年。

題張太師浩家集後

功名有分事無難，談笑貂蟬素履間。松菊堂深歸未老，西州扶病嘆丘山。

跋雪峯居士顛草後

筆從簡古發濃纖，書到顔樵兩具瞻。不憶雪峯揮翰手①，怒轟雷火學秦蟾。

濡墨池邊説醉顛，書家初不數鍾權。縱横詰曲千文帖，篆隸中間有正傳。

【校】

①「憶」，抄本同元刊明補本；薈要本、四庫本作「意」，當以此爲是。

元貞二年秋偶至新店觀光驛迴思往事蓋三十五年矣因書壁以記重來

漢署風雲控北坡，萬方奔走聽虞羅。偶思三十年前事，夜半郵亭索傳過。

湘江晚渡

賈傅懷騷動楚悲①，退之伸禱謫潮時。黄陵廟下山如畫②，一棹江煙晚去遲③。

【校】

①「賈」，抄本同元刊明補本；薈要本、四庫本作「寅」，非。

②「畫」，元刊明補本闕；據抄本、薈要本、四庫本補。

③「一棹江煙晚去遲」，元刊明補本闕；薈要本、四庫本作「暮鼓聲聲聽竹枝」；據抄本補。

寒溪四友①

霜露西南氣已凝②，物華從此見衰榮。漫山桃李春能幾，愛煞寒溪四友清③。

【校】

①「寒溪四友」，元刊明補本、抄本闕；據薈要本、四庫本補。

②「露西」，元刊明補本闕；薈要本、四庫本作「下溪」；據抄本補。

③「愛」，元刊明補本闕；據抄本、薈要本、四庫本補。

枯木寒鴉

枯樹寒梢凍欲冰，野鴉氍影若爲情。錦鳩呼雨煙林外，紅杏香中過一生。

楚水歸舟

漢東歸興楚江帆，老我南宮百不堪。莫訝西風煙棹速①，秋霜香滿洞庭柑。

【校】

①「風」，抄本同元刊明補本；薈要本、四庫本作「宮」。

菊軒

姜君美係斗南先生外甥

姜家籬落似斜川，野圃秋容淡淡煙。何待白衣人送酒，一軒風物已陶然。

生平愛菊菊名軒，細撚秋香憶昔賢。似續外家無盡藏，壁間渾寫和陶篇。

子路問津圖

轍環天下老於行，二子相忘不輟耕。休爲聖賢分二致，本來出處不同情。

元貞三年門帖子

平生報國宦情疏，千里思歸意未舒。只有暮年心健在，一燈清影課殘書。

大簡之山水横披

雨濕溪煙凍不飛，一船燈火曉光遲。風篷冷泛東山月，記我茶洋早發時。

知本齋

先生憲府舊乘驄，骨鯁人稱鐵面翁。此日籌堂見餘慶，一門和氣樂融融。

人物原原有自來，特將知本榜新齋。歸根返璽皆吾事，庭草春來緑滿階。

灞陵風雪圖

詩瘦清於飯顆山①，蹇驢馱入畫圖間。姓名得挂金鑾月，風雪長途是等閑。

【校】

①「飯」，抄本、四庫本同元刊明補本；薈要本作「萬」。

跋左山公書東坡醉墨堂詩

閉户經年翰墨場，鐵心人道漢王常。折衝不縮堂堂手，思入顔楊鴻雁行。

夢回仙以丹劑療疾

黄鶴留題世已驚，又遺丹劑化盧生。夢回仙馭無從見，何處秋風一劍横。

碧桃青鳥圖

上林春滿漢宫煙，翠雀飛來態度閑。王母西歸方朔去，碧桃華影語關關。

瀛洲仙集海微茫，翠鳥湘桃更異常。似爲碧霄宫宇寂①，故傳芳信到劉郎。

【校】

①「字」，弘治本同元刊明補本；薈要本、四庫本作「寂」。

孟母三遷圖卷 贈新軒子張①

孟母三遷養聖功，芬芳千古振高風②。披圖欲識頤齋意，人道神交管鮑同。

【校】

①「贈新軒子張」，諸本夾注文字皆誤入詩題；徑改。

②「芳」，弘治本、薈要本、四庫本作「芬」。

題張昭信濟江調兵記目①

堂堂大將伯顏公，萬舸浮江節制雄。今日河山歸一統②，卻從遺藁見元功③。

【校】

①「目」，弘治本、薈要本同元刊明補本；四庫本作「日」。

②「一」，薈要本、四庫本同元刊明補本；弘治本闕。

③「藁」，弘治本、薈要本同元刊明補本；四庫本作「槀」，非。

題蕭氏承顔亭

曾門爲孝固多聞，不似承顔孝節純。人説小亭如斗大，一欄花木四時春①。

【校】

①「欄」，弘治本同元刊明補本；薈要本、四庫本作「闌」，亦可通。後依此不悉出校記。

東坡赤壁圖

先生胸次有天遊，萬里長江一葉舟。欲托悲風瀉遺響①，恐驚幽壑舞潛虬。

【校】

①「托」，弘治本、薈要本同元刊明補本；四庫本作「託」，亦可通。

題錢舜舉牡丹折枝圖

翠帷高捲出傾城，並髻凝粧别有情。似爲洛人矜絶豔①，兩枝相倚鬥輕盈。

【校】

①「矜」，弘治本同元刊明補本；薈要本、四庫本作「驚」。

李擇善甫貫錢詩卷①

營營市井逐錐刀，戈戟相尋較一毫。焚券貫錢如棄屣，丘陵宜並泰山高。

【校】

①「貰」，元刊明補本作「貫」，形似而誤；據弘治本、薈要本、四庫本改。

宫廊校書

斷爛朝章報恐差①，青編搓碎旋添加②。就中書削無多意，坐到宫廊柱影斜。

【校】

①「斷爛」，弘治本同元刊明補本；薈要本、四庫本作「新簡」，非。

②「搓」，弘治本、四庫本同元刊明補本；薈要本作「槎」，形似而誤。

任伯如慶母夫人八十之壽①

婺光簾幕寶煙濃，八十慈顔壽樂融。健羡鹿泉新句好，一堂和氣畫圖中。

【校】

①「伯」，弘治本同元刊明補本；薈要本、四庫本作「泊」。

風高雲夢夕

江連雲夢夕多風①，萬斛龍驤簸蕩中。常記瓜州乘醉渡②，片帆幾落海門東。

【校】

①「夕多」，弘治本、四庫本同元刊明補本；薈要本作「多夕」，倒。

②「常」，弘治本同元刊明補本；薈要本、四庫本作「長」，亦可通。

枯木寒鴉

亂鴉翻影上枯枝，點綴荒寒見野祠。絶似首陽山下路，滿陂晴雪祭餘時。

秋蟬堂詩

霹靂湘琴得正傳，新聲曾擅泰和年。玉音又與人俱逝①，時賴秋蟬續斷絃。

【校】

①「玉」，元刊明補本、弘治本作「玉」，薈要本、四庫本作「五」。

屈原對漁父

國既無人不我知，秋風澤畔一湘纍。君臣大義明如鏡，抵用漁翁辯啜醨①。

【校】

①「抵」，弘治本、薈要本同元刊明補本；四庫本作「底」，亦可通。

題張君利甫秀巖琴譜手卷

故家人物秀巖仙，一曲瑤琴有正傳。鄭重張君寶遺譜，不殊親授廣陵篇。

題紡績圖

三晉遺黎樂士農，絺絺爲業略相同。細思七月豳風詠①，不到春坊錦繡工。

【校】

①「細」，弘治本同元刊明補本；薈要本、四庫本作「紬」。

千里秋晴圖

出門藜杖思飄飄，千里晴霄見羽毛。特爲樊川發清興，南山秋色兩相高。

江船曉發圖①

漠漠溪煙凍不飛，一船煙火曉光遲。風篷冷泛東山月，似我茶洋早發時。

【校】

①「江船曉發圖」與「大簡之山水横披」相似，弘治本同元刊明補本；薈要本、四庫本是詩脱。